MODERN HUMANITIES RESEARCH ASSOCIATION

CRITICAL TEXTS

VOLUME 1

*Editor*
MALCOLM COOK
(*French*)

# ODILON REDON
# *ÉCRITS*

# MHRA Critical Texts

This series aims to provide affordable critical editions of lesser-known literary texts that are not in print or are difficult to obtain. The texts will be taken from the following languages: English, French, German, Italian, Russian, and Spanish. Titles will be selected by members of the distinguished Editorial Board and edited by leading academics. The aim is to produce scholarly editions rather than teaching texts, but the potential for crossover to undergraduate reading lists is recognized. The books will appeal both to academic libraries and individual scholars.

Malcolm Cook
Chairman, Editorial Board

## Editorial Board

www.criticaltexts.mhra.org.uk

# ODILON REDON
## *ÉCRITS*

Édition critique établie et présentée par

Claire Moran

MODERN HUMANITIES RESEARCH ASSOCIATION
2005

Published by

The Modern Humanities Research Association
1 Carlton House Terrace
London SW1Y 5DB

First published 2005

ISBN 0 947623 63 9

ISSN 1746-1642

Copies may be ordered from www.criticaltexts.mhra.org.uk

à Barbara Wright

# Table des matières

# Remerciements

Je tiens tout particulièrement à remercier Barbara Wright, de m'avoir soutenue au cours de ce projet, et de m'avoir apporté sans cesse son aide inestimable, tant en matière d'édition, que par ses commentaires perspicaces, toujours d'une grande utilité.

Je suis profondément reconnaissante au personnel des Ryerson and Burnham Librairies de l'Art Institute de Chicago, en particulier, Maureen Lasko qui m'a donné accès aux archives André Mellerio.

Il convient de souligner le rôle du personnel des institutions suivantes: la bibliothèque de Trinity College, Dublin, la bibliothèque de University College Dublin, ainsi que la Bibliothèque nationale de France. C'est aussi avec reconnaissance que j'ai reçu une allocation de recherche de Trinity Trust [fonds de la direction de Trinity College, Dublin pour des recherches universitaires].

Comment oublier aussi mes collègues du Département de français à University College Dublin, à qui je dois les plus vifs remerciements: Anne-Aurore Cambriels, Tatjana Silec et en particulier Dominique Jeannerod pour leurs commentaires sur le manuscrit original de ce livre. Je voudrais également remercier Marie-Claude Barbier, Marie-Françoise Bechtel, Alexandra Slaby-Dilys, Nicolas Fève, Johnnie Gratton et Martine Pelletier de m'avoir apporté des renseignements précieux.

Enfin, je souhaite rendre hommage au soutien de ma famille, de mes amis proches et à tous ceux dont les noms n'apparaissent pas ici, mais qui m'ont aidée de maintes façons différentes.

# Introduction

Odilon Redon, formé, dans une grande mesure, par la littérature — les poèmes de Baudelaire et les nouvelles de Poe — exercera, par son œuvre peinte et gravée, une influence tout aussi grande sur les écrivains, tels que Huysmans et Mallarmé. De ce fait, il se trouve au cœur du chassé-croisé entre art et littérature pendant le dernier quart du dix-neuvième siècle. De plus, écrire, pour Redon, c'est d'une certaine manière se découvrir. Si la lecture permet un « colloque muet et tranquille »[1] avec un grand esprit, l'examen de soi comporte « une sorte de colloque fait seul »[2]. Parler à soi-même, parler de soi-même, faire en tout cas son livre — voilà ce qui paraît essentiel à Redon, lorsque, en 1895, il écrit à Émile Bernard : « oui, un livre serait une chose à faire, nous devrions tous faire le nôtre »[3].

Ce projet ne sera jamais mené à terme, bien que Redon ait rempli de nombreux feuillets de papier écolier à cette fin. Après la mort du peintre en 1916, sa veuve, Camille, fait le tri des différentes ébauches. Il en résulte la publication d'*À soi-même* en 1922 chez Henri Floury (reproduit en fac-similé par José Corti en 1961, 1979 et 2000). Dans son introduction à l'édition originale, Jacques Morland note que Redon avait l'intention de mettre ces carnets en ordre, et « d'en faire un livre »[4], livre qui n'a pas été écrit. Cette sélection s'était effectuée d'une manière

---

[1] Odilon Redon, *À soi-même* (désormais *ASM*), Paris, Corti, 2000, p. 48

[2] Odilon Redon, lettre à André Bonger, citée dans Dario Gamboni, « Redon, écrivain et épistolier », *La Revue de l'art*, 1980 (48), p. 70

[3] *Lettres de Vincent Van Gogh, Paul Gauguin, Paul Cézanne, Joris-Karl Huysmans, Léon Bloy, Elémir Bourges, Milos Marten, Odilon Redon, Maurice Barrès à Émile Bernard,* éd. Émile Bernard, Tonnerre, La Rénovation esthétique, 1926, p. 151

[4] Odilon Redon, *À soi-même,* Paris, Floury, 1922, p. 6

si peu scientifique qu'une nouvelle édition d'*À soi-même* s'avère être aujourd'hui une « aveuglante nécessité » — comme le dit Dario Gamboni[5]. Certes, s'agissant d'un artiste du dix-neuvième siècle dont le métier premier n'est pas l'écriture, l'établissement d'une édition pose des difficultés spécifiques, en l'absence d'un texte définitif destiné à la publication. Il en va de même pour Delacroix et Gauguin.

Au fonds Redon, acquis en 1920 par les Bibliothèques Ryerson et Burnham de l'Art Institute de Chicago, viendra s'ajouter en 1991, grâce à l'heureuse initiative de Douglas Druick, conservateur de peintures et dessins, le fonds André Mellerio, permettant enfin aux chercheurs d'aborder les nombreux écrits du peintre. La présente édition a pour but d'accéder à une partie de cette vaste collection.

André Mellerio (1862-1943), auteur dramatique, nouvelliste, écrivain, critique et historien de l'art, fut l'ami intime et le grand promoteur de Redon. Les deux hommes se rencontrent en 1889. Mellerio en sera tellement marqué qu'il consacrera une grande partie de sa carrière à faire connaître l'œuvre de Redon. En 1913, il publiera le catalogue de l'œuvre gravée[6] et, en 1923, la biographie[7]. Mellerio semble même avoir pressenti le danger de la dispersion des manuscrits de Redon, car il les a tous transcrits, pieusement, en conservant jusqu'au moindre lapsus. La plus petite correction aurait été, selon lui, un « sacrilège »[8]. Mellerio, tout loyal qu'il était envers la famille de Redon, avait pourtant des réserves quant à la rigueur avec

---

[5] Dario Gamboni, « Redon, écrivain et épistolier », *loc. cit.*, p. 71

[6] André Mellerio, *Odilon Redon*, Paris, Société pour l'étude de la gravure française, 1913

[7] André Mellerio, *Odilon Redon peintre, dessinateur et graveur*, Paris, Floury, 1923

[8] André Mellerio, « Trois peintres-écrivains. Delacroix, Fromentin, Odilon Redon », *La Nouvelle Revue,* 15 avril 1923, p. 311

laquelle ces documents avaient été classés et choisis pour la publication d'*À soi-même*. Il regrettait en particulier que Madame Redon n'ait pas retenu le titre original, « De soi-même ». Les transcriptions des manuscrits de Redon, ainsi que des coupures d'articles de périodiques et de journaux consacrés au peintre, furent réunies par Mellerio en vue de la rédaction de sa biographie de Redon. Cette archive se présente dans vingt-et-un cartons, classés en dix-sept séries.

Le manuscrit des textes que nous publions ici se trouve dans le carton 14, série 16.1. En page liminaire, on trouve les remarques suivantes de Mellerio :

Dans le même cartonnage rouge
Sous-chemise spéciale formée d'une demi-page de papier blanc écolier
Sur la 1ère page de couverture
*De Soi-même*
Écrit à l'encre violette — plus récemment, sans doute ?
*Essais littéraires*
Écrit à l'encre noire — plus anciennement

Ces indications expliquent les réserves de Mellerio à l'égard du titre d'*À soi-même* et montrent que ces manuscrits font partie intégrante du projet de livre, rêvé, mais jamais réalisé par Redon. Essais littéraires, ils le sont, certes, mais ils comportent aussi des contes et de la prose poétique. Ces textes — notamment celui qui a pour titre « Perversité » et qui comporte un feuillet isolé — recoupent d'autres ébauches d'*À soi-même*, trouvées dans les différentes séries du fonds Mellerio. On ne peut pas connaître l'agencement définitif que Redon aurait prévu, s'il avait eu la possibilité de mener à terme son projet de livre. On est donc obligé de suivre l'ordonnancement rigoureusement établi par Mellerio. Si bien qu'il faut tenir compte de la note inscrite par lui sur le feuillet qui suit « Perversité » :

> Ici se termine l'ensemble compris sous la *rubrique*
> *De Soi-même* et composé de morceaux différents.
> Suivent deux contes séparés sous une couverture de
> papier écolier blanc plié, au recto de la couverture :

On notera d'abord qu'il s'agit d'un « ensemble ». Ensuite, que cet ensemble est réparti en sections qui se présentent matériellement en « sous-chemises » ou en « couvertures » formées de papier écolier plié en deux[9]. Autrement dit, ces textes constituent une unité dans la totalité des ébauches du livre virtuel. Étant de nature très diverse, ils paraissent ici sous le simple titre « Écrits », sans préjudice aux futures publications, tant souhaitées, de l'ensemble des écrits de Redon.

Le manuscrit des dix textes que nous publions comporte quarante-sept pages (31 X 20 cm), où Mellerio reproduit sur deux colonnes le texte original de Redon, lequel était écrit sur des feuillets d'approximativement 14 X 8 cm.

Mellerio, tel un appareil photographique humain (selon l'excellent terme de Douglas Druick[10]), respecte scrupuleusement la pagination de l'original, effectuée par Redon. Il indique également si le texte a été écrit au crayon ou à l'encre (noire ou violette), et signale toute note supplémentaire marquée par le peintre. Mellerio va même jusqu'à reproduire les erreurs d'orthographe de l'auteur, erreurs dont certaines sont d'ordre phonétique : « instemps » au lieu d'« instant »[11] ;

---

[9] Les textes suivants se présentent « sous une couverture » ou dans une « sous-chemise » : « Un séjour dans le pays basque », « Une histoire incompréhensible », « La Ronde d'amour », « Nuit de fièvre », « Il rêve », « Le Cri », « Le Fakir », « 1870 décembre », « Le Récit de Marthe la folle ».

[10] Douglas Druick, *Odilon Redon, 1840-1916,* The Art Institute of Chicago ; Van Gogh Museum, Amsterdam ; Royal Academy of Arts, Londres, Londres, Thames & Hudson, 1994, p. 20

[11] « Une histoire incompréhensible », p. 55, variante d

« l'ont » au lieu de « l'on »[12] ; « vert » au lieu de « ver »[13]. Mellerio indique également les légères modifications syntaxiques à porter dans le texte, modifications que nous avons incorporées dans notre édition, afin d'en faciliter la lecture.

Ces textes sont d'une importance considérable, non seulement par rapport à l'artiste lui-même, mais aussi dans la perspective de la vie littéraire et artistique en France au dix-neuvième siècle. On y trouve les grandes préoccupations de Redon au cours des années 1870, ainsi que des parallèles avec l'œuvre graphique en particulier. De plus, ces textes expriment une véritable tentative littéraire susceptible de redéfinir les rapports de Redon avec la littérature.

## *Évolution des textes dans la vie de Redon*

L'inspiration des premières œuvres et des premiers écrits de Redon trouve ses racines en partie dans « l'enfance maladive »[14] de l'artiste dans le domaine familial de Peyrelebade, près de Listrac dans le Médoc. Confié aux soins d'un vieil oncle, le jeune artiste vit en pleine solitude dans la nature jusqu'à l'âge de onze ans. L'ambiance de cette terre de nuances et « d'ombres »[15] inspire les mondes étranges et les rêveries oniriques qui figureront dans tout l'univers esthétique de Redon. D'autre part, ses camarades de jeux l'initient à la vie paysanne et au goût du folklore, ce qui marquera son œuvre littéraire et picturale. Certains commentateurs, notamment Stephen Eisenman, affirment que la compassion envers les pauvres, ainsi que la vision fantasmagorique que l'on retrouve dans l'œuvre

---

[12] « Le Fakir », p. 93, variante d

[13] « Le Fakir » , p. 103, variante d

[14] *ASM,* p. 14

[15] *Id., ibid.*

graphique de l'artiste, proviennent de cet enracinement dans le Médoc[16].

Deux rencontres significatives marquent le début de la carrière de Redon. D'abord, en 1857, il se lie d'amitié avec le botaniste Armand Clavaud, qui l'initie aux sciences et à la littérature. Sous l'influence de Clavaud, Redon se passionne pour les thèses évolutionnistes de Lamarck et de Darwin sur les origines de l'homme, et découvre la décomposition des cellules sous microscope dans les recherches de Pasteur. Clavaud lui fait lire Poe et Baudelaire, maîtres à penser dans l'œuvre de Redon. Dès 1855, le futur artiste prend des cours de dessin avec le peintre bordelais, Stanislas Gorin, et expose des aquarelles à la Société des amis des arts de Bordeaux en 1860. Cependant, c'est l'influence décisive de Rodolphe Bresdin, lequel devient l'ami et le mentor de Redon à partir de 1863, qui marque son œuvre de peintre. Bresdin le forme à l'eau-forte et à la lithographie. D'ailleurs, ce sont les œuvres visionnaires de Bresdin, d'où émane « un rêve mystique et fort étrange »[17], qui inspirent le jeune peintre. Ce monde de l'imaginaire se trouve aux antipodes de la représentation méticuleuse du monde préconisée par Jean-Léon Gérôme, dont Redon rejoint l'atelier en 1864.

C'est aussi pendant cette période que Redon commence à rédiger des comptes rendus du Salon parisien pour le journal *La Gironde,* dont certains seront incorporés plus tard dans l'édition d'*À soi-même.*

C'est à partir des années 1870 que Redon élabore *Les Noirs*, les œuvres en noir et blanc qui fournissent la clé de sa réussite. Les dessins exécutés pendant cette période seront repris

---

[16] Stephen Eisenman, *The Temptation of Saint Redon : Biography, Ideology and Style in the « Noirs » of Odilon Redon,* Chicago, University of Chicago Press, 1982, pp. 114-32

[17] *ASM,* p. 165

et retravaillés dans les albums lithographiques de 1879 à 1899, avant de céder le pas à la couleur dans les pastels.

Du point de vue autobiographique, le texte qui remonte le plus loin dans la vie de Redon s'intitule « Un séjour dans le pays basque ». En 1861, Redon fait la première d'une série de randonnées dans la région d'Uhart avec son ami Henri Berdoly, dont la famille était propriétaire du château d'Altabiscar. C'est l'occasion d'une grande découverte. Cette belle région montagneuse, avec sa chaîne éblouissante de neige et ses pics étincelants, frappe le narrateur comme un « monde féerique »[18]. La lumière et les effets de ciel impressionnent le jeune peintre. Le pays basque, dans les années 1860, avant le développement des grandes artères et du chemin de fer, était aussi éloigné que la Bretagne en 1847, quand Flaubert et Maxime Du Camp l'avaient découverte, sac au dos, pour en rendre compte dans *Par les champs et par les grèves*[19]. Le texte de Redon se situe dans la tradition des récits de voyage où la découverte de l'inconnu se fait souvent par référence au connu, dans un réseau d'analogies. Tout comme il est d'usage, dans la littérature de voyage de Chateaubriand à Fromentin, d'établir des comparaisons entre les habitants nouvellement rencontrés et les personnages de l'Ancien Testament, « la race étrange et singulière de la Biscaye » réveille en Redon des souvenirs de la Bible[20]. Sensible à la beauté visuelle de l'endroit et de ses habitants, Redon se souvient des groupes d'enfants comme des « bas-reliefs antiques »[21]. Il évoque leurs jeux[22], comme Nerval

---

[18] « Un séjour dans le pays basque », p. 35

[19] Gustave Flaubert, Maxime Du Camp, *Par les champs et par les grèves,* éd. Adrianne Tooke, Genève, Droz, 1987

[20] « Un séjour dans le pays basque », p. 42

[21] « Un séjour dans le pays basque », p. 37

[22] « Un séjour dans le pays basque », pp. 34 et 44

l'avait fait pour le Valois dans *Sylvie*. En même temps, Redon souligne les rites anciens de ce peuple, essentiellement aristocratique dans sa beauté et sa simplicité[23].

Cette randonnée est une découverte de l'exotique, mais de l'exotique « domestique ». D'une part, l'exotisme du pays est accentué par la singularité[24] de ses habitants et par le fait qu'on y parle à peine français[25]. Cependant, on n'est pas obligé de couvrir de grandes distances pour se trouver dans un monde exotique : « n'y a-t-il pas encore à faire de très vastes et instructifs voyages dans sa chambre, dans la rue, au spectacle, dans son fauteuil ? »[26], demande le narrateur. L'exotique, pour Redon, est donc aussi un état d'esprit, ouvert à l'imagination.

Les explorateurs et les hommes de science ont beau faire de grandes découvertes, le peuple basque n'a encore rien révélé de ses « mystérieuses origines »[27]. C'est l'énigme qui attire surtout Redon. Thérèse, la jeune fille basque qui est en quelque sorte le point focal de l'histoire, se présente comme une fleur rare : « obscure et cachée »[28]. Elle évoque pour le narrateur les ancêtres de la race basque, ainsi que l'isolement de leur pays. L'analogie entre femme et fleur, dans l'imaginaire de Redon, témoigne de l'influence de Clavaud, lequel cherchait ce qu'il y avait de commun entre l'animalité et la plante[29]. L'idée cheminera dans l'œuvre de Redon, dont les deux premiers albums, *Dans le Rêve* et *Les Origines*, contiennent des images

---

[23] « Un séjour dans le pays basque », p. 42

[24] *Id., ibid.*

[25] « Un séjour dans le pays basque », p. 39

[26] « Un séjour dans le pays basque », p. 30

[27] « Un séjour dans le pays basque », p. 31 variante a

[28] « Un séjour dans le pays basque », p. 44

[29] *ASM*, p. 18

de plantes aquatiques à visage et à traits humains. La lithographie, *Fleur du marécage* (1885), qui a inspiré Huysmans et Mallarmé, reste un des exemples les plus célèbres de cet hybride plante-être humain.

« Un séjour dans le pays basque » réapparaît en partie dans *À soi-même,* mais dans le contexte du séjour effectué par Redon dans cette région en 1874[30]. Les passages qui figurent textuellement dans *À soi-même* portent, d'une part, sur la description de la « ville obscure, aride et banale »[31], et d'autre part, sur la plénitude d'esprit éprouvée par l'auteur dans cette patrie ancienne où il lui semble avoir déjà vécu[32].

« 1870 décembre » est également un texte à base autobiographique et fait état des idées de Redon sur la guerre et sur les sacrifices que les combattants sont amenés à faire pour leur patrie. Ici encore, le texte présente un parallèle avec une section d'*À soi-même*, bien que celle-ci développe les idées de Redon sur la guerre dans le contexte plus général du rôle de l'art dans le monde moderne[33].

Les années 1870 sont marquées par la guerre franco-prussienne, qui traumatise le peuple français. Redon est un des nombreux artistes de l'époque à s'engager. Il participe aux combats sur la Loire, à La Monnaie, le 20 décembre 1870. Il choisit d'être simple soldat au lieu d'officier, car il ne se reconnaît pas le droit de demander à un autre homme de mourir sous son commandement[34]. En 1871, il est renvoyé, pour cause « d'affaiblissement général »[35]. L'expérience de la guerre laisse

---

[30] Dans *À soi-même* (p. 68, n. 1), ce voyage est incorrectement daté 1878.

[31] « Un séjour dans le pays basque », p. 31 ; *ASM*, p. 68

[32] « Un séjour dans le pays basque », p. 29 ; *ASM*, p. 70

[33] « Enquête sur l'Alsace-Lorraine », *ASM,* pp. 97-98

[34] « 1870 décembre », p. 119

[35] Stephen Eisenman, *op. cit.*, p. 73

son empreinte non seulement sur la vie personnelle de Redon, mais aussi sur sa vie d'artiste, comme l'indique une lettre adressée à Edmond Picard en 1896 :

> La vie du soldat fut pour moi d'un grand repos; elle a mis fin à une recherche inquiète. J'ai eu en ce moment conscience de mes dons naturels. Les moindres croquis ou griffonnements que j'avais laissés dans mes cartons prirent un sens à mes yeux. Et c'est ma date véritable du vouloir.[36]

Dans « 1870 décembre », le narrateur, frappé par l'analogie entre la condition du simple soldat et celle du peuple, se met à la recherche des « nouveaux points de la conscience humaine »[37]. La lutte des hommes lui fait penser à celle des bêtes, tout aussi féroces, mais avec cette différence capitale que l'homme commande à ses semblables de se sacrifier pour lui. Ces réflexions rappellent à Redon les théories évolutionnistes. Il se demande si, malgré tous les progrès accomplis au dix-neuvième siècle, l'homme ne demeurera pas toujours au stade primitif des populations barbares qui nous ont précédés. Soldat, il se rappelle la place d'armes de Bordeaux et décrit des lutteurs qui s'y prenaient corps à corps, dans des jeux qui montraient non seulement leurs prouesses mais aussi des liens étroits les unissant à l'homme primitif. Primitifs, ils le sont, ces lutteurs, par leur aspect « front bas », « tête petite »[38], et aussi par leurs instincts qui les poussent à la bestialité.

Cette place d'armes est aussi l'endroit où ont lieu des marchés, des foires, des spectacles. Les bêtes de ménagerie qui

---

[36] Lettre d'Odilon Redon à Edmond Picard, 5 juin 1894, *L'Art moderne* (Bruxelles), 25 août 1896, p. 268

[37] « 1870 décembre », p. 123

[38] « 1870 décembre », p. 124

s'y trouvent sont « si belles »[39]. Elles correspondent à la description de l'homme primitif dans les lithographies de Redon, où ce qui fascine l'artiste, ce n'est pas l'aspect monstrueux de l'homme de Néanderthal, mais plutôt la beauté cachée derrière la bestialité apparente. Alors que l'homme primitif pour Huysmans, décrivant une image de Redon, représente « le cauchemar de la science »[40], pour Redon, « c'est l'animal dans la toute-puissance de son instinct, la certitude, la beauté non corrompue de sa plastique »[41].

Dans « Le Fakir », un personnage d'origine orientale s'examine et médite sur l'aspect purement physique de l'être humain. Ces réflexions mènent la narration encore une fois à faire le lien entre l'être humain et l'animal. En particulier, le fait qu'un bras soit plus fort que l'autre rappelle les thèses évolutionnistes, lesquelles montrent comment, grâce à l'hérédité, tout individu est « le fruit d'une longue suite d'efforts faits pour trouver nourriture à travers et au travers de la durée de l'espèce »[42].

Ascète, le fakir se regarde dans un miroir, comme s'il s'agissait d'examiner le corps d'autrui. Il repère avec une précision scientifique les différents organes. Le nez se présente comme « une proéminence singulière, qui sert à flairer »[43]. La bouche est « un organe impérieux, qui réclame pâture sans cesse »[44]. L'oreille est « un orifice »[45] par lequel les bruits

---

[39] « 1870 décembre », p. 125

[40] Joris-Karl Huysmans, *À Rebours* (1884), Paris, Union générale des livres, 1975, p. 28

[41] *ASM*, p. 84

[42] « Le Fakir », p. 102

[43] « Le Fakir », p. 97

[44] « Le Fakir », p. 98

[45] « Le Fakir », p. 100

parviennent du dehors. Les sensations physiques sont décrites de manière systématique, moins pour montrer les réseaux qui peuvent exister entre elles, que pour faire valoir leurs fonctions séparées. Un phénomène étrange est à l'œuvre : l'auteur examine ses organes comme s'il s'agissait de parties démembrées de son corps. L'analyse de l'anatomie finit par se décomposer en une série de fragments corporels. Tôt dans sa formation, Redon avait fait quantité d'études d'ossature, ce qui lui permettra plus tard dans sa carrière d'exécuter « des êtres invraisemblables, selon les lois du vraisemblable »[46]. Vision métonymique signalée au commencement d'*À soi-même*, lorsque Redon remarque que, dans un tableau de Delacroix, une main ou un bras peut suggérer la totalité de la personne[47].

L'image de l'œil flottant qui, comme l'a montré Sven Sandström[48], forme le véritable *leitmotiv* de l'œuvre graphique du peintre, dès le premier album lithographique de 1879, peut bien remonter à ce démembrement analytique effectué par le fakir dans son examen de soi. Phénomène physique qui aura des séquelles dans l'opération de l'inconscient et qui, de ce fait, annonce le monde du rêve.

Ces mêmes thèmes seront repris dans « Le Récit de Marthe la folle », texte qui présente, lui aussi, des analogies avec la biographie de Redon. Écrit à la première personne, ce texte traite du voyage en bateau d'une jeune Française en route pour Pondichéry. La mère de l'artiste, Odile, originaire de La Nouvelle Orléans, était créole, comme l'était également Camille Falte, la future femme de Redon. Le père de l'artiste avait des

---

[46] *ASM,* p. 28

[47] *ASM,* p. 19

[48] Sven Sandström, *Le Monde imaginaire d'Odilon Redon : étude iconologique,* tr. Denise Naert, Lund, Gleerup ; New York, G. Witterborn, 1955, pp. 48-55

affaires en Louisiane, où « il fut colon, il eut des nègres »[49]. En rentrant de La Nouvelle Orléans à Bordeaux, juste avant la naissance du peintre, la famille avait subi une sévère tempête en mer. Par coïncidence, cet incident trouvera un écho dans le naufrage dont Camille Falte sera victime, à l'âge de dix-neuf ans, lorsqu'elle rentre de Paris à son île natale de la Réunion. Dans « Le Récit de Marthe la folle », l'héroïne rentre dans sa famille, après six ans d'études en France. Elle rêve de retrouver la vie idyllique de ses souvenirs, la nature luxuriante et la tendresse des serviteurs noirs qui l'avaient élevée. Bientôt la nature révèle un autre visage quand, ayant passé le cap de Bonne Espérance, le navire est coulé à la suite d'un terrible orage. Les passagers sont placés dans des chaloupes de sauvetage, mais seule Marthe survit. Elle perd conscience et se réveille plus tard, sur « un lit de mousses et de feuilles »[50], dans une cabane rustique, où celui qui l'a sauvée, un énorme gorille, veille sur elle. Elle finit par comprendre qu'elle se trouve seule sur une île déserte et que son salut se trouve auprès de cet animal. Parmi les épaves du naufrage, Marthe retrouve une petite caisse de bois bien scellée, contenant, parmi d'autres objets, un miroir. Méditant sur son sort, elle se rend bien compte qu'elle verra là-dedans l'image de son propre visage que nul autre au monde ne reverra.

Le gorille dans ce récit peut être interprété de différentes manières. Il représente, suivant les théories évolutionnistes, l'ancêtre de l'être humain. Mais ici, c'est l'animal qui prend soin de l'être humain ; il est plein d'attentions pour la jeune héroïne. On trouve dans ce rapport entre le gorille et la jeune fille une résonance des tabous sexuels du dix-neuvième siècle, qui interdisaient toute relation entre une femme blanche et un homme noir — considéré comme l'être humain le plus proche

---

[49] *ASM,* p. 10

[50] « Le Récit de Marthe la folle », p. 132

13

du singe. Associée à ce tabou est la notion des capacités et de l'appétit sexuels du noir. Il se peut donc que le gorille exprime l'interdit, le tabou, ainsi que le désir refoulé de la jeune femme.

Par ailleurs, le gorille se regarde dans le miroir de la jeune fille et cherche « vainement à comprendre cette autre apparition de lui-même »[51]. L'autre, vu dans le miroir, selon la perspective lacanienne, indique le lieu d'une altérité interne. Enfin, il n'est pas inutile, dans ce contexte, de suivre l'exemple de Douglas Druick, en signalant la parution, en 1877, de la traduction française de l'ouvrage d'Eduard von Hartmann, *La Philosophie de l'inconscient*[52]. Hartmann, prédécesseur de Freud, identifie trois niveaux de l'inconscient : le naturel, l'animal et l'humain. Ces trois éléments, comme le remarque Douglas Druick, paraissent dans le texte de Redon, par le biais de la nature, du gorille, et de Marthe elle-même[53]. L'essence de la folie de Marthe ne serait donc pas biologique, mais due aux forces brutes qui entourent la jeune fille. Selon cette interprétation, la « folie » de Marthe trouve ses origines dans l'image d'elle-même qu'elle trouve dans le monde extérieur. Ce monde autre figure les passions et les forces animales qui se cachent derrière les apparences bénignes. Marthe représente une image composite de l'altérité : le monde animal, le monde naturel et l'être primitif, entités qui résident dans l'inconscient.

Reste donc à savoir si Marthe est folle ou non. Redon laisse délibérément le lecteur sans réponse. En unissant la science des origines de l'homme et les prémices de l'étude de l'inconscient, Redon se montre bien de son siècle. On se souviendra que le créateur du récit policier, Edgar Poe, dans le *Double Assassinat*

---

[51] « Le Récit de Marthe la folle », p. 137

[52] Douglas Druick signale également la parution, en cette même année (1877), d'un texte populaire par Eduard von Hartmann, intitulé *Marthe* (*op. cit.,* p. 104).

[53] *Id., ibid.*

*dans la rue Morgue* (1841), fait du meurtrier, non pas un être humain, mais un orang-outang — terme lui-même provenant du malais et signifiant primitivement « homme des bois », un peu dans l'esprit du Bon Sauvage de Jean-Jacques Rousseau. Quelques décennies plus tard, l'hystérie et la névrose deviendront de grandes préoccupations dans le monde de la médecine : Charcot, notamment, donnera à ce sujet des cours que fréquentera Freud à partir de 1885. Marthe est victime de son tempérament créole irrationnel : elle est dans la lignée de la Bertha de *Jane Eyre* et de la « Folle au grenier »[54], éloignée du regard de la société, qu'elle risquerait de gêner. Marthe témoigne aussi de l'acceptation des doctrines évolutionnistes qui se frayaient si difficilement un chemin dans la société bien pensante du dix-neuvième siècle. C'est en quoi Redon est à la charnière du monde de la science et de l'univers des rêves.

## Vers l'indétermination

Cette oscillation entre le matérialisme et l'inquiétude de l'au-delà est caractéristique de tout le dix-neuvième siècle. Elle a ses origines au siècle précédent, quand le triomphe scientifique des philosophes des Lumières provoque, chez ceux pour qui certaines questions demeuraient toujours sans réponse, une adhésion à l'occulte et au mouvement illuministe.

Cette bipolarité s'en va grandissante, au fur et à mesure que la technologie, d'une part, et la psychiatrie, de l'autre, évoluent au cours du dix-neuvième siècle. Plus on avance en certitudes, plus on a paradoxalement besoin de se réfugier dans l'univers de l'irréel. Si bien qu'un esprit aussi éclairé que Redon en vient à mépriser l'exactitude de la représentation dans les tableaux de Gérôme et préfère brouiller les pistes dans ses propres œuvres.

---

[54] Voir Susan Gilbert & Sandra Gubar, *The Madwoman in the Attic* : *The Woman Writer and the Nineteenth-Century Imagination,* Londres, Methuen ; New Haven, Yale University Press, 1979

De même, dans les textes qui suivent, Redon tiendra rarement le lecteur en haleine. Quant à la narration linéaire, il n'en a cure. Au contraire, il se lance dans des digressions fort intéressantes[55], au détriment des péripéties. Il arrive même, à la fin du « Récit de Marthe la folle », que son défenseur le plus loyal, Mellerio, se pose la question : « le conte fut-il inachevé ? » [56].

À vrai dire, Redon emploie indifféremment les termes « récit » et « histoire ». Le mot « récit » figure dans le titre du texte traitant du sort de « Marthe la folle », mais Redon avait d'abord pensé à mettre comme sous-titre « Histoire créole »[57]. L'insomniaque du chemin de fer est le sujet d'« Une histoire incompréhensible », où la narration est qualifiée, à deux reprises, de « récit »[58]. « Le Fakir » avait primitivement pour sous-titre : « Propos », avant d'être transformé momentanément en « Histoire incompréhensible »[59]. Quant à Mellerio, il désigne comme « contes » « Le Fakir » et « Le Récit de Marthe la folle »[60]. Redon lui-même emploie le mot « histoire » dans son sens le plus conventionnel quand il note, comme aide-mémoire, dans « Un séjour dans le pays basque » : « écrire ici une histoire sommaire du peuple basque »[61]. Il n'hésite pas, par ailleurs, à

---

[55] Voir, par exemple dans « Une histoire incomprehensible », les digressions sur la femme basque (pp. 51-52) et sur les chiens et les chats (pp. 53-54) ; dans « Le Fakir », sur les sens (pp. 95-102) et sur les animaux (pp. 103-105) ; dans « 1870 décembre », sur les ménageries (pp. 124-26) ; et dans « Il Rêve », sur les pauvres (p. 75 et pp. 79-81) et sur la souffrance (pp. 78-79)

[56] « Le Récit de Marthe la folle », p 137, variante j

[57] « Le Récit de Marthe la folle », p. 129 variante a

[58] « Une histoire incompréhensible», p. 50 et p. 58

[59] « Le Fakir », p. 91 variante a

[60] « Perversité », p. 89 variante d

[61] « Un séjour dans le pays basque »,  p. 41

faire dire à l'ami du narrateur que celui-ci vivra « une bonne petite intrigue » avec des « chapitres »[62].

On voit bien que l'élément anecdotique est ce qui le préoccupe le moins, tout comme la représentation mimétique ne figure pas au premier plan de ses ambitions en matière picturale.

Les textes qui suivent défient toute taxonomie systématique. Dans la mesure où ils représentent un recul dans le monde des rêves, on peut les classer, *grosso modo*, comme « fantastiques » ou « oniriques ».

Le fantastique peut être caractérisé comme « une intrusion brutale du mystère dans le cadre de la vie réelle »[63]. Parfois le mystère relève d'une explication objective ; ainsi, dans « Nuit de fièvre », l'être étrange, qui semble hanter un « meuble fantastique »[64] dans la chambre d'auberge, s'avère être le propriétaire. La résolution du mystère peut également être subjective (quand Marthe se rend compte de la gravité de sa situation, elle va chercher l'explication dans le « rêve » ou le « délire »[65]). Enfin, l'énigme peut demeurer irrésolue (la femme d'« Une histoire incompréhensible » laisse le narrateur dans l'indécision : « Cette étrange personne, ses propos qui l'étaient encore plus »[66]).

On est bel et bien dans le contexte du fantastique, tel qu'il sera défini par Tzvetan Todorov, relatif à un texte qui oblige le lecteur « à considérer le monde des personnages comme un monde de personnes vivantes et à hésiter entre une explication naturelle et une explication surnaturelle des événements

---

[62] « Un séjour dans le pays basque », p. 33

[63] Pierre-Georges Castex, *Le Conte fantastique en France, de Nodier à Maupassant*, Paris, Corti, 1951, p. 8

[64] « Nuit de fièvre », p. 70

[65] « Le Récit de Marthe la folle », p. 132

[66] « Une histoire incompréhensible », p. 58

évoqués »[67]. En cela, le récit fantastique diffère du conte merveilleux, lequel s'inscrit dans un système de croyances qui lui accorde un statut de réalité. Les textes que nous venons de mentionner relèvent du fantastique dans la mesure où ils font se heurter l'environnement de la vie quotidienne et l'univers énigmatique, le palpable et le non-rationnel. Comme le dit très justement Irène Bessière : « Le récit fantastique, parent du conte, se présente comme un anti-conte. Au devoir-être du merveilleux, il impose l'indétermination »[68].

Le fantastique se révèle par les images aussi bien que par les mots. Bien qu'il y ait peu de références explicites à des tableaux dans ces textes[69], il existe plusieurs parallèles thématiques entre l'œuvre écrite et l'œuvre visuelle de Redon. Les meubles fantastiques, conçus par l'artiste pour illustrer *La Maison hantée* de Bulwer Lytton en 1896, trouvent peut-être leurs prémices dans le coffre « fantastique » de « Nuit de fièvre », coffre qui devient animé, dardant ses rayons sur le narrateur « comme des yeux étincelants et furieux »[70]. La scène qui se déroule dans cette auberge, par une nuit de tempête, un flambeau éclairant faiblement la chambre et d'une lumière vacillante, fait penser aux conditions dans lesquelles Jean-Paul Richter eut la vision hallucinatoire qui prend forme dans son célèbre *Songe*. Chez Redon aussi, « un tintement lugubre » fait penser aux morts et sonne comme « le glas funèbre des agonisants »[71]. Cette phrase, par elle-même, anticipe sur le titre

---

[67] Tzvetan Todorov, *Introduction à la littérature fantastique*, Paris, Seuil, 1970, p. 37

[68] Irène Bessière, *Le Récit fantastique, poétique de l'incertain*, Paris, Larousse, 1974, p. 20

[69] Vélasquez (« Un séjour dans le pays basque », p. 38); vieux tableaux hollandais (« Une histoire incompréhensible », p. 55)

[70] « Nuit de fièvre », p. 70

[71] « Nuit de fièvre », p. 67

de la lithographie *Un masque sonne le glas funèbre*, parue en 1882 dans l'album *À Edgar Poe*, album qui, selon Richard Hobbs[72], met en valeur l'image de Poe, plus pour plaire à son public décadent que par sympathie particulière pour l'écrivain. Tout, dans « Nuit de fièvre », relève du fantastique. La peur naît dans l'obscurité, dans les mêmes « jeux mystérieux des ombres »[73] qui inspirent l'art suggestif du peintre. L'éclaircissement vient avec l'aube, montrant bien la coexistence de la raison et du rêve. Le plein jour est propice aux idées nettes. Tout ce qui relève de l'intelligence naît surtout aux heures de lumière. Se sentant « clôturé »[74] dans la chambre terrifiante, le narrateur présente une image de l'emprisonnement qui se prêterait facilement à une interprétation de l'inconscient, image d'ailleurs courante dans les fusains exécutés par Redon à l'époque[75].

Le fantastique règne également dans « Une histoire incompréhensible ». Le cadre est fixé dans le réel, dans un wagon de troisième classe où le narrateur et son ami font un voyage de nuit. Ils se trouvent en compagnie d'une dame qui se montre pleine de sollicitude pour eux. Elle propose un verre de porto au narrateur et, après qu'il s'est endormi, elle étend son châle sur les épaules du jeune homme pour le protéger du froid. Quand celui-ci se réveille au milieu de la nuit, il s'imagine être paralysé sous le châle. À la lumière du jour, il voit plus clair, accepte le porto et dialogue avec sa voisine. Il s'avère que cette dame ne dort jamais et qu'elle a une sœur qui, en contrepartie, dort sans cesse. Cet étrange dédoublement, inexplicable pour le

---

[72] Richard Hobbs, *Odilon Redon*, Londres, Studio Vista, 1977, p. 40

[73] *ASM*, p. 25

[74] « Nuit de fièvre », p. 69

[75] Voir, en particulier, le fusain intitulé *Le Condamné* (New York, Museum of Modern Art, 1881)

médecin qui a tout essayé sans réussir à la guérir, rapproche la réalité banale d'un compartiment de train et le mystère d'une présence physique qui défie toute explication rationnelle. Par ailleurs, ce texte montre à quel point Redon est familier avec la technique naissante de la photographie. La voyageuse porte en médaillon une photographie qui est le portrait de son mari. Redon est conscient de l'effet troublant produit par l'éther de collodion sur le sujet en train de poser, à qui il risque de donner l'air d'un malfaiteur. Ici aussi la science se joint au surnaturel, car, selon une idée macabre, courante à l'époque, l'image de son meurtrier restait imprimée sur la rétine de l'œil de la victime. De plus, cette « Histoire incompréhensible » baigne dans le sommeil : pour le narrateur, c'est « comme un rêve »[76] ; l'existence double des deux sœurs tourne autour du sommeil, « état voisin de la mort »[77]. Avec ce texte, Redon glisse imperceptiblement dans le domaine du rêve.

Le fantastique cède à l'onirique dans d'autres écrits du peintre où, plutôt que d'observer l'irruption du non-rationnel dans la vie quotidienne, on est témoin d'un mouvement opposé, lequel a pour effet de se servir du réel pour atteindre le monde du rêve. Dans « Un séjour dans le pays basque », le voyageur retrouve non seulement des éléments d'une existence supposée antérieure, mais aussi des éléments annonciateurs du « pays des songes », « monde incompréhensible, où réside le pur bonheur »[78]. Mais ce n'est pas parce qu'on se retire du monde qu'on a forcément accès au « pays des songes ». Le cas du fakir est instructif à cet égard. Dans un dessin intitulé *Méditation au fakir* (Chicago, Art Institute, sans date), on voit un sage, devant un volume et une tête de mort, confronté aux limites du savoir. Comme l'observe Alec Wildenstein, à propos de ce dessin :

---

[76] « Une histoire incompréhensible », p. 47

[77] « Une histoire incompréhensible », p. 57

[78] « Un séjour dans le pays basque », p. 33

> Il naît du regard étrange de cet homme sans âge
> une tristesse insondable et résignée tandis que le
> livre ouvert et le crâne sur lequel il pose les deux
> mains lui rappellent que tout est fragile, éphémère,
> illusoire.[79]

Cette image, présente des parallèles avec le fakir du texte de Redon. Issu de la tradition orientale des religieux, « voués à la mendicité et à la vie contemplative qui passent leurs jours nomades dans le culte d'un rêve »[80], le fakir fait office, dans la littérature française du dix-neuvième siècle, de personnage double, voué à l'échec, pour avoir voulu trop s'examiner. L'être qui agit est bloqué par l'être qui se regarde agir, ce qui mène à une impasse. Fromentin l'a bien vu, quand il décrit ainsi le héros éponyme de son roman, *Dominique* : « une sorte d'esprit plié en deux, comme un fakir attristé qui s'examine »[81]. Redon aborde le personnage du fakir dans son texte avec une nuance d'ironie. Il est pleinement conscient des limitations de la société bien pensante de son époque, de la chasse aux décorations digne du pharmacien Homais dans *Madame Bovary*, de la confiance excessive accordée à la langue française pour tout exprimer clairement, suivant la logique et la raison : « Plus il s'approfondissait […] plus encore il se perdait en conjectures et en recherches infructueuses »[82]. Mais les défaillances du fakir ne doivent pas pour autant occulter son potentiel. Dans ce texte, le virtuose du piano, retiré du monde pour perfectionner sa

---

[79] Alec Wildenstein, No. 1052, Odilon Redon : Catalogue raisonné de l'œuvre peint et dessiné, II, Paris, Wildenstein Institute, 1994

[80] « Le Fakir », p. 93

[81] Eugène Fromentin, *Œuvres complètes*, éd. Guy Sagnes, Bibliothèque de la Pléiade, Paris, Gallimard, 1984, p. 421

[82] « Le Fakir », p. 98

technique, peut être critiqué pour les mêmes motifs que le fakir, mais, par son art, le pianiste est susceptible de communiquer « l'éloquence intime et mystérieuse » de la musique :

> C'est du rêve en toute sa magie et son prestige, avec son cortège d'illusions rapides, douces, aimables ou terribles, qui passe en notre âme dès que cet ensemble de sons est perçu.[83]

La musique, qualifiée d'« art du rêve »[84] par Redon, est essentiellement un « art suggestif »[85]. Le compositeur réunit « une grande science »[86] et l'intuition des choses mystérieuses. C'est en quoi l'artiste est supérieur au fakir. Il est capable de métamorphoser divers éléments, « sans aucun rapport avec les contingences mais ayant une logique cependant »[87]. De cette manière, le compositeur, comme tout véritable artiste, a pour but, non seulement de transporter son public loin des tracasseries quotidiennes, mais de le faire rêver[88].

Le personnage du texte « Il rêve » ressemble à celui du fakir, mais en plus positif. Comme le fakir, il se fait remarquer « par ses dehors étranges »[89]. Mais là où le fakir sombrait en « songeries »[90], le narrateur d'« Il rêve » se livre, « du plus haut de ses songes », à « l'éclat immaculé d'une merveilleuse

---

[83] « Le Fakir », p. 109

[84] *ASM*, p. 59

[85] *ASM*, p. 28

[86] « Le Fakir », p. 110

[87] *ASM*, p. 28

[88] « Le Fakir » p. 111

[89] « Il rêve », p. 73

[90] « Le Fakir », p. 95

féerie »[91]. C'est ainsi qu'il pénètre dans sa vie intérieure, d'une manière qui annonce l'évocation de l'enfance de Redon dans « Confidences d'artiste », la première section d'*À soi-même*. La narration passe de la troisième personne à la première personne, à mesure que le narrateur remonte dans son passé. Les souvenirs ainsi mis en mouvement dans l'univers des songes, souvenirs qu'il qualifie de « retours »[92], lui font revivre son passé méconnu ou même oublié. Il fait plus que s'en souvenir ; il le vit au présent. Il se voit, lors de sa naissance, entouré de visages sans sourire et sentant déjà l'isolement qui le hantera toute sa vie. Il entend souffler le vent sous les vieux murs de la maison de sa mère et se sent consolé, dans sa solitude, par la nature, qui le soutient comme un ami[93] et qui finit par lui procurer un sentiment de « plénitude indicible »[94]. Il sera transporté encore une fois devant la maison de sa mère pour y voir, à l'époque de son adolescence, de minces jeunes filles danser en rond[95].

Cette ronde est à compléter par le texte de « La Ronde d'amour », où le narrateur suit les jeunes filles en route pour la place où aura lieu cette danse, laquelle fait penser au monde pastoral et idyllique évoqué par Nerval dans *Sylvie*. Sans savoir où il va, sans autre initiateur que son rêve[96], le narrateur se sent entraîné par « une force surnaturelle »[97]. Les jeunes filles ayant trouvé leur bien-aimé, la danse commence et on entre dans la ronde. On y entre pour l'éternité, dans une image qui fait défiler

---

[91] « Il rêve », p. 73

[92] « Il rêve », pp. 74 et 75

[93] « Il rêve », p. 82

[94] « Il rêve », p. 77

[95] « Il rêve », p. 76

[96] « La Ronde d'amour », pp. 61-63

[97] « La Ronde d'amour », p. 63

devant les yeux du narrateur une récapitulation de sa vie toute entière, telle qu'on s'imagine en avoir une vision momentanée à l'heure de sa mort. Dans le tourbillon de la danse, le plaisir et l'amour s'exaltent « dans l'idéal et dans la poésie »[98]. On voit bien que dans « La Ronde d'amour », aussi bien que dans « Il rêve », le texte, aussi bien que la danse, tourne en rond, suivant une forme cyclique où des motifs reviennent dans des contextes différents. On est donc loin du récit linéaire et plus proche du « poème en prose » ou du « discours poétique », termes auxquels Redon avait d'ailleurs pensé primitivement comme pouvant servir de sous-titre à ce texte[99].

Si le fakir fait penser au dessin du même titre exécuté par Redon, le texte d'« Il rêve », où le narrateur, dans ses songes, se dévoile la face[100] et contemple « l'au-delà voilé »[101], est à rapprocher de la célèbre lithographie *Dans mon rêve, je vois dans le Ciel un VISAGE DE MYSTÈRE* (1885). Comme le démontre Dario Gamboni, dans sa remarquable analyse de cette œuvre[102], Redon y réunit des éléments auto-référentiels (la tête de trois quarts, comme dans l'autoportrait de 1867[103], ainsi que la bande horizontale en bas de ce tableau), et des éléments intertextuels (comme, par exemple, le geste de songerie, qu'on retrouve dans *Melancolia I* de Dürer).

Le sage de la lithographie et le narrateur d'« Il rêve » partagent un même désir de sonder le mystère de la vie, sans

---

[98] *Id. ibid.*

[99] « Il rêve », p. 73, variante b

[100] « Il rêve », p. 77

[101] « Il rêve », p. 79

[102] Dario Gamboni, *La Plume et le pinceau : Odilon Redon et la littérature*, Paris, Éditions de Minuit, 1989, pp. 125-69

[103] Odilon Redon, *Autoportrait*, Paris, Musée d'Orsay, reproduit sur la première page de couverture du présent ouvrage

toutefois y parvenir. Dans les deux cas, il n'y a aucun sens fixe qui s'impose, aucune révélation susceptible d'exclure toute autre interprétation. Encore une fois, nous nous trouvons devant l'indécidabilité si chère à Redon. Celui-ci dira bien, dans *À soi-même*, que ses dessins ne déterminent rien : « Ils nous placent, ainsi que la musique, dans le monde ambigu de l'indéterminé »[104].

Dans « Il rêve », c'est l'image du voile qui surgit, voile qui cache et qui révèle en même temps. Le voile constitue un motif récurrent dans les œuvres ultérieures de Redon, notamment dans des lithographies telles que *Dans le Soleil apparaît le visage du Christ* (1888) et *C'était un voile, une empreinte* (1891). Empreinte, trace — autant de manières de faire rêver plutôt que de faire voir. Car, encore une fois, la représentation mimétique est loin de constituer le but esthétique de Redon, la plume ou le pinceau à la main. En effet, dans le texte d'« Il rêve », le narrateur finit par pressentir les abstractions qui figureront dans la dernière partie de la carrière du peintre, celle des pastels. Le narrateur dialogue avec lui-même, désignant son interlocuteur comme « poète », et s'engage à aller trouver, dans la nature, ses « amis fidèles », qui auront pour noms « la Foi », « la Vérité », « l'Amour » et « le Silence »[105]. *Le Silence* est le titre d'une célèbre huile sur papier, datant de 1911 (New York, Museum of Modern Art). Un pastel, intitulé *Yeux clos* (Paris, Musée d'Orsay, 1889), reprend une idée esquissée dans « Le Fakir » et qui consiste à évoquer tout ce qui dépasse la vision humaine. Le nez, dit le narrateur dans « Le Fakir », est plus perçant quelquefois que la vue : « il peut tout voir, tout comprendre, tout approfondir et tout analyser »[106]. C'est comme si Redon reprenait ici la notion d'« une sorte de seconde vue »,

---

[104] *ASM*, pp. 28-29

[105] « Il rêve », p. 79

[106] « Le Fakir », p. 97

préconisée par Balzac dans la préface de la première édition de *La Peau du Chagrin* (1831).

L'abstraction, que la seconde vue peut permettre d'entrevoir : voilà un des éléments essentiels d'« Il rêve », lors de l'évocation de « la Beauté » et de « l'Idéal » en la personne d'une jeune fille basque, « fille du peuple, fille des champs »[107]. Cette incarnation de la race antique de la Biscaye, éclaire le portrait de la petite Thérèse, rencontrée par le narrateur d'« Un séjour dans le pays basque » dans le château d'Altabiscar. Celle qui, nous l'avons vu, annonce en quelque manière la « femme-fleur » chez Redon, préfigure aussi l'abstraction de la couleur. Thérèse porte un mouchoir de soie bleu tendre, ce qui inspire au narrateur une analyse de la symbolique des couleurs qui est tout à fait pertinente pour rendre compte du passage des *Noirs* aux pastels dans l'œuvre de Redon. « Le bleu », dit-il, « comme toutes les couleurs, a sa signification morale »[108]. Cela est vrai dans la mesure où certaines couleurs peuvent suggérer des états d'âme, tout comme la « fleur bleue » trouve des antécédents dans *Heinrich von Ofterdingen* de Novalis et dans l'*Aurélia* de Nerval. Cela est vrai aussi sur le plan de l'évolution de la connaissance des couleurs par les peintres du dix-neuvième siècle. Si la juxtaposition des couleurs complémentaires, le vert et le rouge, par exemple, peut influer sur la vision du vert à proximité du rouge et *vice versa*, il est significatif que Redon fasse valoir « l'effet mordant et fier du noir sur le rouge, et l'âpreté mélancolique du blanc et du noir »[109]. La signification des couleurs dépasse donc les associations analogiques pour rejoindre les prémices de l'art abstrait. Thérèse « aimait le bleu », mais son foulard était « rayé de couleur mauve », « couleur doucement heureuse » qui traduit aussi une âme « où

---

[107] « Il rêve », p. 78

[108] « Un séjour dans le pays basque » p. 43

[109] *Id., ibid.*

l'amertume de quelques chagrins se mêlait à la joie »[110]. C'était une enfant de « seize ou dix-sept ans, à peine »[111]. C'était donc en partie une tristesse ancestrale qu'elle portait dans ses veines. Mais dans le portrait verbal, Redon anticipe non seulement sur son œuvre ultérieure mais aussi sur celle à venir de la peinture non-figurative où flotte l'ambiguïté créatrice de l'indéterminisme suggestif.

---

[110] *Id., ibid.*

[111] *Id., ibid.*

# Un séjour dans le pays basque[a]

## [*f°* 1] I

J'avais vingt ans, vingt ans[b], quand je visitai[c] la première fois ce pays qui fit sur moi une impression si durable. L'empreinte est restée si vive en mes yeux, en mon cœur, et en mes souvenirs qu'elle eut perpétuellement dans la suite une influence toujours présente sur mon esprit, sur mon cœur même. C'est vers lui que je tourne mes pensées et mes désirs, au sein de la société des hommes en laquelle je souffre et me fatigue, j'aspire au vrai repos, à l'oubli d'eux, à la contemplation d'une nature que j'aime. C'est là que je me suis senti[d] vivre pleinement, fortement, durant les heures que j'ai vu passer[e] si tranquilles et si douces. C'est là que la nature entière, hommes et choses, m'anime, emplit mon âme[f] et [*f°* 2] la féconde à ce point que tout me parle et m'attire et me console, comme le regard d'un être bien-aimé.

Est-ce parce que c'était le premier sol que j'explorais de ma jeunesse, les seules choses du dehors, grandes, pittoresques ou charmantes qu'il m'était donné de voir jusque-là ? Est-ce parce qu'il chante dans mon esprit plus haut ou différemment que pour les autres ? Je ne sais. Peut-être avons-nous parmi la terre des attaches secrètes pour des lieux qui nous sont déjà connus ! Le sol basque est pour moi comme une patrie ancienne où il me semble avoir vécu, souffert, aimé. Il n'est pas le plus petit souffle de ses brises, le moindre bruit de ses eaux, la plus humble de ses voix

---

[a] [*Le titre est précédé des mots suivants, ajoutés par Mellerio*] Sous-chemise formée d'une demi-page de papier blanc écolier — portant comme titre :
[b] vingt ans [*infortunés biffé*]
[c] visitai [*pour biffé*]
[d] senti [*réellement biffé*]
[e] [*s'écouler biffé*]
[f] [*être biffé*]

charmantes qui n'éveillent en mon cœur[a] d'incompréhensibles harmonies et comme des souvenirs de mon berceau. Tout en lui me ravit, me soutient, me secourt et m'élève.

Je me souviens toujours que ces sensations premières et délicieuses étaient pour moi remplies de [*f°* 3] charme. Il en faut si peu d'ailleurs, dans[b] les conditions où j'étais, pour être ému, pour vivre en un mot[c] de la vie de l'âme. Je n'étais pas de ces voyageurs[d] ennuyés qui passent à l'étranger sans rien y voir de ce que la nature exprime ; je n'étais pas non plus de ceux qui cherchent la contrée nouvelle ou le ciel inconnu dans l'ardeur aristocratique et personnelle de l'impression rare et première. Mon imagination était vierge, elle vivait de peu : il me suffisait seulement de voir, de rêver, d'élever jusqu'à l'horizon les yeux, et de parcourir les espaces, pour être vivement et profondément touché en mon for même, dans ce doux et confiant pays que j'ai tant aimé malgré sa modestie et le[e] cadre où il est borné[f].

N'en est-il pas ainsi de bien des contrées ? L'artiste, le poète, sont allés[g] fort loin à la recherche des émotions nouvelles comme si le soleil qui nous éclaire ici n'avait plus de chaleur, ni de lumière ; comme si la campagne, les vues et tout ce qui s'exhale du sein de la nature, eût[h] cessé de s'épanouir [*f°* 4] chez nous, et sans oubli de la personne humaine qui, elle aussi, offre partout à l'observateur exercé un monde infini d'acquisitions diverses, tristes ou gaies, rassurantes ou [*lacune*[i]], suivant l'état moral de chacun. N'y a-t-il

---

[a] [esprit *biffé*]
[b] [en *biffé*]
[c] [enfin *biffé*]
[d] voyageurs [ennuyeurs et ennuyés *biffé*]
[e] le [petit *biffé*]
[f] [en lequel il est enfermé *biffé*]
[g] allés [quelquefois *biffé*]
[h] [avait *biffé*]
[i] [Ici paraissent les mots suivants, ajoutés par Mellerio] espace laissé en blanc

pas encore à faire de très vastes et instructifs voyages dans sa chambre, dans la rue, au spectacle, dans[a] son fauteuil ?

Certes je n'oublierai pas les explorateurs téméraires, qui par héroïsme vont au loin, portés par la foi, par la science. Dans un des cycles de l'Idéal seront bercées vos âmes bienfaisantes, intrépides explorateurs des mers inconnues ! Un de vous a découvert le nouveau monde ; il est le grand poète, le grand homme ; non, nous ne voulons pas accueillir vos efforts par le sourire. J'allais plus humblement vers les montagnes sombres de la Biscaye, dans ces ravins profonds, pleins de farouches pensées, au sein de ces hommes fiers comme elle, dont la hauteur, l'originalité, l'éclat vif de la race, n'ont rien pu dire encore de leur mystérieuse origine. J'allais voir sur les collines [f° 4 bis] la chaîne[b] éblouissante de ces neiges capricieuses, aériennes ; j'allais[c] pour la première fois entendre les chants de l'immensité planer sur les hauts penchants, comme des souffles de l'Épopée, la poésie, au pied de ces pics gracieux, terribles ou étincelants[d] dont les cimes infinies[e] perçaient l'espace et pénètrent l'azur aux profondeurs sans fin. Ô plaisir pur[f],

---

[a] [ou *biffé*] dans
[b] [Certes nous ne voulons pas oublier les explorateurs téméraires qui, par héroïsme, vont au loin portés par les ailes de la foi ou de la science. Dans un des cycles de l'Idéal seront bercées vos âmes bienfaisantes, intrépides explorateurs des mers inconnues ! Un de vous a découvert le Nouveau Monde ; il est le grand poète, le grand homme. Et tous les autres qui chercheront sans cesse et nos lois planétaires et nos origines ; nous ne voulons pas accueillir leurs efforts d'un sourire. Mais j'allais sans péril vers ces sombres montagnes de la Biscaye, dans ces ravins profonds, pleins de farouches pensées ; au sein de ces hommes fiers comme elle, dont la hauteur, l'originalité, l'éclat pur et vif de leur race n'a rien dit encore au savant de ses mystérieuses origines. J'allais voir du haut de ces collines *biffé*] la chaîne
[c] j'allais [voir enfin *biffé*]
[d] [éternels *biffé*]
[e] [élancées *biffé*]
[f] [vrai *biffé*]

ô fête rassurante[a], pour qui vient de[b] quitter la ville obscure, aride, et banale[c].

---

[a] [ravissante *biffé*]
[b] [qui vous voit soudain vivement et qui vient de *biffé*]
[c] [obscure et mondaine. À vos pieds on est seul et l'âme est peu de chose *biffé*]

Un séjour dans le pays basque

[*f*º 5] II

L'ami qui m'entraînait vers ces lieux habitait au centre de cette contrée éloquente[a]. Deux fins chevaux[b] nous attendaient à l'arrivée d'une diligence qui durant la moitié du jour avait gravi et descendu des collines. Les voies de fer sont[c] inconnues ; l'œuvre du temps paraît partout. La nature est encore là dans sa beauté première, déroulant à chaque instant des trésors de pittoresque et d'imprévu.

— Le beau pays, m'écriai-je, après un long silence gardé par l'un et l'autre sur nos deux bêtes dont les pas nous rapprochaient de plus en plus de la montagne. Je sens au cœur[d] des sentiments austères[e], que l'esprit de ces solitudes anime. [*f*º 6] On doit aimer ici, les femmes y sont si belles, tout me parle d'amour.

— Tu rêves : les femmes sont ici ce qu'elles sont partout : légères, un peu friponnes et je t'affirme bien que l'éclat d'une boucle d'oreille, ou la fine dentelle d'un *mon Kanècha*[1] les séduisent sans peine, et les mènent Dieu sait où. Toute leur intelligence est mise en l'intrigue ; le[f] vieux proverbe dit : péché caché, péché pardonné. Aussi serait-il bien habile et bien clairvoyant celui qui dira quel est l'amant de la première que tu verras demain sortir de l'église. Elles s'abritent sous [*f*º 7] la dévotion, sous[g] la Vierge qui leur pardonne le lendemain le péché du soir.

— Tu n'as vu que des passions vraies ?

---

[a] [si *biffé*] éloquente
[b] chevaux [qu'il avait fait venir *biffé*]
[c] [y *biffé*] sont
[d] cœur [comme du bien et du mal *biffé*]
[e] austères, [*deux mots illisibles* s'anime, l'accent de ces solitudes m'attriste et m'anime *biffé*]
[f] [leur *biffé*]
[g] [qui les *biffé*] sous

— J'ai déjà beaucoup retenu[a]. J'ai vu de la vie passer[b] déjà bien des pages ; je les ai lues comme tout le monde ici pourrait les lire. Est-il deux langues[c] pour lire de simples faits ?

— Il y en a autant que de nous. Un monde nous sépare tous les deux. Tu ne sais rien de la beauté, et la plus simple des poésies, celle du cœur humain, ne te dit plus, ne te dit rien que le mépris des jeunes filles, que ta position, ton rang dans le pays et ta fortune t'ont rendu la conquête facile, malgré leur dédain qui m'a paru plus grand pour ce qui n'est pas sincère. Elles m'ont paru jusqu'à ce point si charmantes ; je suis encore tout ébloui sous l'impression du doux regard de cette enfant que j'ai vue tout à l'heure en descendant de la colline et dont les yeux brillants et profonds m'ont paru plus lointains que les étoiles. La[d] haine doit être rare ici.

— La haine s'acharne[e] ici comme partout où la passion nous anime, mais taisons-nous. Je te désire durant le séjour que tu viens faire au château, une bonne petite intrigue, bien complète, dont tu puisses lire tous les chapitres.

— Et tu m'en diras des nouvelles.

— Tu es sceptique.

[*f*° 8] — Tu n'es qu'un rêveur.

Ah ! Laisse-moi rêver, laisse-moi vivre ; je veux croire à l'Amour comme je crois à l'amitié. Laisse mon âme aller, haute et légère dans le pays des songes, dans ce monde incompréhensible, où réside le pur bonheur. Taxe-moi de mystique, ou de rêveur ; parle-moi de folie : tu connais mes penchants, j'élèverai toujours mon cœur vers les mystères. En est-il de plus grand que l'amour, la bonté, la divine charité, la grâce, lorsqu'ils se perdent ainsi dans ces conditions dernières, en ces douces[f] jeunes filles que le hasard

---

[a] [vu et beaucoup *biffé*] retenu
[b] [s'écouler *biffé*]
[c] langues [faites *biffé*]
[d] [Que *biffé*]
[e] [paraît *biffé*]
[f] [belles et *biffé*] douces

fait vivre en ces chaumières ? Est-il rien de plus captivant que l'aristocratie chez les pauvres, la dignité et la fierté quand elles sont vraies, quand elles brillent ici[a] dans cet humble monde, ignoré. Oui, je suis fou, je rêve.

Ces sentiments sont les premiers que m'animèrent[b] dès ma plus jeune enfance. Je les sentis vibrer à l'heure de mes jeux, lorsque vers la fin du jour nous dansions en rondes légères, sur la place, devant la maison de ma mère en y mêlant[c] le bruit de nos chansons. Je l'éprouve alors comme en ce moment même dans ces tendres et mélancoliques moments ! Dès les premières amours, et les premiers baisers, dès les peines d'une première indifférence, partout alors c'est l'enfant pauvre qui me captive. Je l'aime parce qu'il éveille [f° 9] en moi des sentiments profonds d'une douceur[d] infinie — larmes tombées de mes fraîches paupières, lointains regrets, divins baisers perdus, pourquoi revenez-vous toujours[e] attrister ma mémoire ? Les enfants ont grandi : le monde n'est pas[f] changé. J'ai toujours vu depuis le pauvre et ses tristesses, et la dureté du sort, et l'injustice et la misère, et mes peines, hélas ! ne les ont point calmés. Mais le jour déclinait ; nous cheminions[g] toujours sur les côtes, qui devenaient parfois très rapides, ou bien redescendaient. Nous avions laissé Donapalena[2] derrière nous dans la plaine. Parfois, au détour d'un chemin, je considérais de loin cette petite ville, maîtresse de la vallée. De longues routes, bordées de beaux peupliers, la croisent en plusieurs sens. De loin ces longues files blanches semblent des rubans qui serpentent et se perdent. De là aussi divers cours d'eau remuent, s'animent ; on les voit briller ainsi de fort loin, puis se perdre, détournés de leur ornière par un obstacle, une montée, puis reparaître pour se perdre

---

[a] [ainsi *biffé*]
[b] [que je ressentis *biffé*]
[c] [*mot illisible* auxquelles se mêlaient *biffé*]
[d] [cet attendrissement qui m'animait d'une *biffé*] douceur
[e] [ainsi *biffé*]
[f] [point *biffé*]
[g] [avancions *biffé*]

dans l'infini du lointain. Il y a dans [*f*° 10] ce vaste champ beaucoup de maisons blanches, éparses, rarement groupées, comme si les hommes qui l'habitent étaient des solitaires. Couvertes de pierres, abritées toujours sous de beaux chênes, elles paraissent[a] ainsi distinctes et libres avec leurs volets rougis.

Ces hauteurs[b] étaient les premières que je gravissais, les seules jusque-là qui me donnaient le sentiment de l'espace. J'en éprouvais comme un redoublement de moi-même, comme[c] un surcroît de vie qui me montait au cerveau. En face de moi s'élevaient, à l'horizon, de plus hautes montagnes. Les neiges[d] se dessinaient déjà dans l'azur, brillantes comme l'or[e], et dans mon inexpérience de ces contrées et des signes trompeurs de ces perspectives, il me semblait que le monde féerique qu'elles me révélaient de là-haut était tout près de moi. C'étaient les plus petits[f] des monts des Pyrénées dont les derniers échelons de la chaîne s'évanouissaient sous mes pas. Mon ami me désigna le Pic d'Ossau[3], le Pic d'Anie et les autres petites montagnes qui entourent cette gracieuse vallée. Elles s'élevaient dans le ciel brillantes de lumière, et les ombres confuses [*f*° 11] qui commençaient à s'accumuler dans le fond de la vallée donnaient à ces cimes ardentes et immaculées un éclat plus intense et plus pur.

Nous cheminions toujours en ce beau paysage. La route que nous suivions était bordée de maisons qui s'échelonnaient de loin en loin, particulièrement aux détours. C'étaient les habitations des cultivateurs de ces champs inclinés[g] où le travail est difficile, périlleux même, et ne donne qu'avec usure à l'homme laborieux qui les cultive. Et cependant, telle est la rigidité, la distinction, la tenue des habitants de ce pays, jamais la pauvreté ne les prive

---

[a] [s'élèvent *biffé*]

[b] [premières *biffé*] hauteurs

[c] [et *biffé*] comme

[d] [Elles *biffé*] Les neiges

[e] [de *biffé*] l'or

[f] [les derniers *biffé*]

[g] [sillons penchés *biffé*]

d'une maison ornée avec quelque soin, avec élégance, et aristocratie : jamais le plus humble habitant n'en est privé. Cet amour pour sa maison, son enclos, ses arbres, son jardin, le ramène toujours en son pays après des voyages. Le Basque qui émigre volontiers, revient toujours à son pays natal. Son[a] espérance est de posséder plus tard sur ces coteaux qu'il aime, une part de terre qu'il cultivera [f° 12] pour lui, doucement[b], à ses heures, de finir là ses jours chez lui, dans la résidence qu'il a librement conquise[c] par son labeur et son courage.

Mon ami me proposa de faire une halte pour nous reposer un instant de nos fatigues. Il voyait une de ces maisons pittoresques où le voyageur s'arrête, sorte de *posada*[4] qui servent de jalons de repère sur ces routes désertes dont la plupart aboutissent par les défilés à l'Espagne. Une petite cour, quelques superbes arbres, ormeaux ou chênes, sous lesquels s'abritent les chevaux, puis une construction assez bizarre, à toits inclinés dont le pittoresque et l'originalité vous frappent. Une petite porte mi-coupée, puis une autre ouverture plus grande à hauteur d'appui, sert tout à la fois de vitrine, de comptoir, de table même parfois, pour le voyageur qui n'y reste debout qu'un instant.

Au premier étage, une galerie en bois, assez large, recouverte de larges toits, communique aux chambres à coucher, aux greniers et à d'autres sections qui restent ordinairement fermées durant [f° 13] le jour. En bas, la pièce principale qui sert tout à la fois de salle de repos, de cuisine, de rendez-vous est la pièce capitale de ces petites résidences où tout étranger[d] qui passe est accueilli si favorablement et y trouve l'ami, le marchand, l'acheteur.

C'est là que défilent aussi ces populations passagères qui les jours de marché viennent de fort loin quelquefois. Hommes et femmes y font aussi de longs parcours, et passent devant vous avec

---

[a] [Il met *biffé*] son
[b] [seulement *biffé*] doucement
[c] [qu'il s'est faite librement, après les jours *biffé*]
[d] [étranger *biffé*]

une légèreté sans égale. Jamais l'élan, l'essor, le plaisir et la poésie de[a] voyage, la marche ne me furent sensibles comme sur ces routes-là. J'ai vu aussi passer sur des chariots des groupes d'enfants et de jeunes filles dont le naturel et l'éclat me rappelaient des bas-reliefs antiques. Souvent, aussi, sous l'ardeur du soleil brûlant, elles vont fort loin à travers la lumière, vives, légères, l'œil fixe et vague comme dans un songe : filles poètes par excellence, nul ne connaît leur rêve. Le voyageur étonné qui passe pour la première fois sur le chemin est ébloui par un mystère, l'énigme du destin, et s'il reste un peu trop longtemps sous l'empire des accents mélodieux de ces voix ardentes et persuasives, il emportera [*f°* 14] durant tout le jour en lui-même un singulier malaise, un trouble persistant, mêlé d'amour, de désirs, de charme, et de regrets.

Nous frappâmes doucement à la porte d'une de ces petites hôtelleries, d'humble[b] apparence, quand du volet d'en haut parut le visage sévère et dur d'une vieille femme. À la vivacité de son regard, à la finesse de son sourire, je vis qu'elle reconnaissait mon ami, quoiqu'il fût absent de son pays depuis longtemps. Durant l'entretien qu'il eut avec elle, dès le premier abord, je jetai à la dérobée un regard dans l'intérieur de la pièce qu'on venait de nous ouvrir.

Imaginez une petite pièce sombre, confuse, obscurcie par la fumée d'une grande cheminée placée dans le coin le plus éloigné, un jour qui ne descendait qu'à peine par une fenêtre à demi-fermée, et sous ce jour triste et contenu, une couvée de petits enfants d'une beauté et d'un éclat incomparables. Ces pauvres êtres[c], surpris par la présence de deux hommes[d] aux habits noirs et sombres, dont l'aspect ne s'alliait pas sans doute avec ce que leurs tendres petits yeux avaient encore vu, s'éloignaient avec effarement dans le coin,

---

[a] [du *biffé*]
[b] [si *biffé*] humble
[c] [petits *biffé*]
[d] [femmes ou hommes??]

loin[a] de nous, et nous regardaient en ouvrant plus [f° 15] grands leurs yeux beaux et inquiets. Il y en avait un qui barbouillait sa face d'une tartine de pain de maïs noirci à la braise ; un autre qui plus grand mangeait fièvreusement dans une tasse et paraissait ne pas s'occuper de la simplicité de son repas. Une jeune fille de quatorze ans, assise sur un escabeau de couleur brune me frappa par le caractère particulièrement fier de sa tenue. Elle avait, quoiqu'à cet âge [*sic*], l'air hautain et ennuyé d'une infante. Son œil noir et dédaigneux ne fixait sur nous que des regards peu soutenus et qui se détournaient ensuite lentement et blasés, comme par l'indifférence. Ce regard de jeune fille faite pour régner sur nous dans[b] l'amour et le bonheur, dans les joies enfin d'une vie prévue et heureuse, ce charme particulier enfin qui éclate en la[c] beauté chez les pauvres contrastait vivement avec la simplicité et le dénuement de ce gîte.

Je vois encore ce jeune visage sévère et pur briller dans tout l'éclat d'une[d] race étrange. Je vois ces éclairs rapides d'intelligence et de [f° 16] hauteur que Vélasquez rendit en virtuose incomparable, quand il peignit la finesse et l'aristocratie de l'Espagne. La sœur aînée dont les soins remplaçaient ceux de la mère, allait par la chambre, souple, gracieuse, légère, sans même nous regarder. Le contraste de sa tenue libre et son humilité n'avait rien de l'abandon et du naturel des plus jeunes. Peut être quelques sentiments plus vifs avaient-ils creusé déjà sur les joues de la jeune fille les premiers traits de la douleur. Au fond de son âme éclatait cette concentration suprême, cette rêverie intense[e], pleine d'inquiétude, du malaise, et d'enivrement.

---

[a] [le plus *biffé*] loin
[b] [par *biffé*]
[c] [toute la *biffé*]
[d] [de cette *biffé*]
[e] [profonde *biffé*]

Nous restâmes sur le devant de la porte, mon ami et moi assis sur un banc de pierre attenant au mur de la maison. On nous versa[a] un vin chaud[b] et brûlant comme le[c] soleil qui durant le jour avait dardé sur nos têtes. C'était une liqueur espagnole pleine d'ardeur[d] et de sève qui ranima bientôt nos membres affaiblis[e].

— Vous ne venez ici[f] que pour la première fois, me dit la vieille femme, en fixant sur moi un[g] regard perspicace, qui semblait lire en moi jusqu'au fond de mes jours. Vous vous ennuyerez [*f°* 17] chez nous, dans ces montagnes, où vous ne trouverez qu'un grand air, on parle français à peine ici ; vous avez heureusement le château de votre ami, où vous serez aussi bien qu'à la ville ; mais cependant, le château n'est pas comme autrefois, dit-elle... en jetant sur mon ami un regard vague qui cherchait peut-être à l'interroger.

— Qu'y a t-il donc, dit mon ami, en s'approchant de nous davantage, et en prenant un peu plus de part aux intentions de la vieille.

— Mais oui, dit-elle, on y chagrine ; votre tante n'a plus cette gaîté que nous lui connaissions ici. Elle est morne, silencieuse, quand elle passe ici le soir ; elle ne s'arrête plus comme autrefois pour causer un peu avec nous. Sa voiture file, file. On les dirait quasi hautains et fiers. Et pourtant Dieu me garde de médire : votre famille est encore la plus généreuse et la plus charitable du pays. Mais il y a quelque chose là-dessous... et je vois clair, voyez-vous ; il n'y a pas besoin de grande éducation pour voir ce qui se passe. C'est clair et intelligible comme le dessus de ma main que vous voyez là et que je mettrais [*f°* 18] au feu, sans m'éloigner de cette idée.

---

[a] [donna *biffé*]
[b] [noir *biffé*]
[c] [tout *biffé*] le
[d] [dans toute sa sève *biffé*]
[e] [un peu engourdis *biffé*]
[f] [chez nous *biffé*]
[g] [son *biffé*]

## Un séjour dans le pays basque

— Allons, allons, que voulez-vous dire encore une fois, lui dit mon ami, qui semblait prendre de plus en plus part à ce qu'elle nous débitait sur un ton demi-mystérieux, demi-souriant.

— Eh bien, voulez-vous que je vous le dise ? C'est votre cousine qui chagrine, qui est malheureuse, qui ne rit plus, ne danse plus, et s'en va seule maintenant, le dimanche comme si de noirs soucis étaient entrés dans sa vie. Mais je crois bien que le retour du beau Parisien que je vois là n'est pas étranger à ce que je raconte, dit-elle, en regardant mon ami avec un air qu'elle tâcha de rendre prophétique.

Mon ami sourit un peu.

— Enfin, que manque-t-il à cette chère famille pour vivre d'un parfait bonheur ? Elle a tout ce qu'on peut désirer ; de la considération, de la fortune, un beau et superbe château que l'on envie ; le maïs, le blé, on le ramasse à profusion. La terre est remplie de travailleurs qui chaque année la préparent à fournir[a] de nouvelles largesses.

[*f° 19*] Le haut et paisible château d'Altabiscar[5] que possédait mon ami est une de ces résidences silencieuses qu'élevèrent autrefois les seigneurs d'Uhart. La trace[b] en ce pays de la société féodale[c] est complexe et voilée : le Basque ne fut jamais asservi. Quelques marques néanmoins d'une société particulièrement confinée restent encore sur différents points[d] de ces contrées ; mais quelle est son histoire ? par quel trait[e] toucha-t-elle[f] à la nôtre ? Il[g] importe assez peu. On sait sûrement que ce petit peuple garda souverainement sa liberté entière en tout temps dans ces lieux[h]. On sait etc…

---

[a] [donner *biffé*]
[b] [présence *biffé*]
[c] [ces monuments *biffé*] la société féodale
[d] [en différents endroits *biffé*]
[e] [point *biffé*]
[f] [a-t-elle touché à *biffé*]
[g] [On ne sait, il *biffé*]
[h] [et tous lieux *biffé*]

(écrire ici une histoire sommaire du peuple basque)

[*f*° 20] Tel est sommairement ce qu'on sait du pays tout petit et du peuple très grand que je voyais ; telle est l'histoire que j'ai lue depuis, et dont chaque trait me fait tressaillir bien plus que celle de mes frères[a].

J'entrai sur ce sol comme celui d'une patrie ; tout me parlait, tout me reconnaissait ; et quand je repris avec mon ami la douce et vive bête qui hennissait sous le chêne, et dont l'œil passionné trahissait la force et l'impatience, nous partîmes à travers l'espace, moi plein de songes et comme dans un vertige. C'était la fin du jour. Le ciel s'assombrissait sous des lueurs violettes ; la brise était plus fraîche[b], les bruits de ces profondes campagnes étaient sonores et les cimes des beaux[c] arbres qui nous dominaient sur le flanc du mont gardaient seules les dernières ardeurs du jour. Je m'abandonnai tout entier sous l'empire d'un charme sévère, emporté que j'étais par des illusions infinies[d], confuses, messagères de l'avenir.

[*f*° 21] Je voyais en esprit la résidence[e] dont tout m'annonçait le mystère et ses hôtes, dans ce pays étrange[f], quand le château parut à mes yeux tout à coup au détour d'une colline que nous descendions. Sa base sortait des eaux claires d'une petite rivière douce et tranquille, dont j'entendais déjà le murmure monotone. Le ciel s'y reflétait par places et se répercutait sur ces eaux mobiles comme des paillettes d'or. De grands murs s'élevaient gris et sombres, dans la pénombre du soir. Sur la route où nous passions s'élevaient de grands marronniers dont je me rappelle encore le caractère grandiose. Les pieds de nos chevaux foulaient des feuilles

---

[a] [mon pays *biffé*]
[b] [douce *biffé*]
[c] [plus hauts *biffé*] beaux
[d] [premières *biffé*]
[e] [la jeune fille *biffé*] la résidence [mystérieuse *biffé*]
[f] [la vie étrange *biffé*] dans ce pays étrange

desséchées, et quand nous arrivâmes à la grille de la grande cour, émus par ces premiers accents, une grosse voix nous cria :

— Eh bien, mes enfants ?

— Tiens, me dit mon ami, c'est mon oncle.

[*f°* 22] Chap. II [*sic*]⁶

Plusieurs jours s'étaient écoulés depuis mon entrée dans la famille de mon ami. Une entière connaissance était faite avec son vieil oncle et sa mère ; car cette intimité simple et naturelle qui est le caractère des liaisons qui se forment à la campagne n'avait pas tardé de s'établir entre nous.

Aussi mon ami entraîna-t-il ma personne à faire de violents exercices. Nous fîmes beaucoup de promenades sur l'eau et des excursions plus lointaines pour lesquelles de bons chevaux noirs, par tant de routes dans ces montagnes et parmi[a] des habitants dont le caractère[b] me révélait la grandeur. Cette race étrange et singulière de la Biscaye a des traits de la grandeur antique. Je ne sais quel souvenir de la Bible se réveille en nous en la considérant. Les jeunes filles y sont d'une beauté rare. Elles ont la noblesse de l'attitude, la grâce, la fierté, l'élan libre et hautain des êtres doués de passion et de volonté. Leur œil noir plein d'ardeur passionnée jette des flammes que tempère une douceur tendre. Je me sentis dominé dès le premier jour par le charme pénétrant[c] de cette population[d] saisissante, dont chaque personne me semblait être un frère, et sans réflexion, [*f°* 23] par instinct, j'étais fait pour les aimer.

Un certain jour[e] en rentrant tout pensif[a] d'une longue course, je vis dans une salle au rez-de-chaussée du château un jeune visage

---

[a] [à travers *biffé*]

[b] [la race *biffé*]

[c] [puissant *biffé*]

[d] [ces êtres étranges *biffé*]

[e] [Quand un beau *biffé*] jour

qui me frappa comme si déjà je le connaissais. C'était une enfant de seize ou dix-sept ans, à peine[b]. Par le pittoresque de sa mise et l'originalité de sa tenue elle attira mes[c] yeux. Elle était de moyenne taille, gracieuse, élancée ; et son attitude[d] languissante était soutenue et raffermie par une grande vivacité intérieure. Elle portait à la tête le petit mouchoir du pays d'un goût si rare, et qui cachait une partie de front et ses cheveux noirs. Sa taille était prise[e] dans un long corsage qui la dessinait souple, languissante et flexible et retombait sur des jupons bleu foncé. Ses pieds petits et fins d'attache brillaient tout nus sous les couleurs brunes et par ce contraste même inquiétaient mes yeux.

C'était la mise ordinaire des filles du pays les jours de travail. Je note aussi le trait le plus particulier pour moi de cette toilette si simple, elle portait autour du cou un mouchoir de soie bleu tendre, couleur douce et fine dont l'effet sur moi est tout particulier.

[f° 24] Le bleu, comme toutes les couleurs, a sa signification morale. Certaines âmes cèdent à cet instinct si singulier que nous avons devant le rouge, le jaune ou bien encore sentent leur rapprochement par des fibres plus délicates. Qui n'a senti l'effet mordant et fier du noir sur le rouge, et l'âpreté mélancolique du blanc et du noir ? Les peuples qui cèdent à ces harmonies, comme y rencontrant leurs qualités, ont aussi la dominante de leurs goûts et de leurs passions et de leur vie intérieure.

Dans ce petit coin de la Biscaye dont le fond de l'âme est si fier et si doux, elle se traduit par le bleu foncé mélangé de brun.

Thérèse[7], particulièrement plus douce et plus tendre, aimait le bleu sans doute et son foulard était rayé de couleur mauve, cette couleur doucement heureuse, qui révèle la tendresse[f], comme pour

---

[a] [ému *biffé*]
[b] à peine [, qu'on interrogeait sur des choses du service. *biffé*]
[c] [me resta dans les *biffé*] attira mes
[d] [allure *biffé*]
[e] [serrée *biffé*]
[f] tendresse [voilée *biffé*]

trahir une âme où l'amertume de quelques chagrins se mêlait à la joie. Elle était comme une fleur qui naît obscure et cachée, mais qui conserve par son isolement même les caractères les plus profonds de son origine. Naturellement porté vers les simples et vers les pauvres, Théophile ne tarda pas à subir le charme si naturel et si génial de cette jeune âme. Lui pourtant de goût et d'organisation aristocratique et qui s'était monté la tête à l'égard de la jeune fille du château. Et certes jamais contraste ne fut plus violent et plus sensible.

[f° 25] Quand je fis part[a] à mon ami du sujet de mon impression et de ma surprise, il me dit que cette enfant était du pays et fille d'un ouvrier pauvre et honnête. La plus humble chaumière abritait sa famille, une de ces familles paisibles et vaillantes dont le sentiment de la pauvreté fait de ces natures égales non des paysans soumis et malicieux, mais des hommes. Elle avait grandi presque sous les yeux de mon ami ; elle venait souvent autrefois se mêler aux jeux des enfants qui égayaient la cour du château les jours de fête ; car suivant une ancienne coutume ce lieu était le rendez-vous du peuple, comme autrefois, au temps de leur seigneur. On s'était fort attaché à cette enfant dont la douceur et la modestie attiraient la sympathie.

[f° 26] Ha ! Pourquoi ne me serait-ce plus permis de revoir une fois encore ce petit coin du monde vers lequel se tournent mes plus douces pensées ? Avec quelle joie et quel amour, avec quelle jeunesse m'élancerais-je au travers des sentiers si bien connus de mes pas et si chers à mon cœur ! Haletant, rempli d'émotion, tout troublé par une inquiétude de vingt ans, j'arriverai doucement et comme pour en surprendre, auprès d'une petite chaumière où celle que je n'oublie pas cache sa vie. Recueillie et solitaire comme tous ceux qui aiment, elle chérit cette retraite déserte. Elle s'y dérobe[b] ; peut-être pour rêver, pour se souvenir encore, pour vivre dans un

---

[a] [demandai le soir à mon ami *biffé*] fis part
[b] [cache *biffé*]

passé qu'elle regrette encore[a]. Il est si doux de vivre en souvenir. Tout ennui et tout chagrin s'effacent pour ne laisser au cœur[b] charmé que les instants que nous passons si beaux, si purs, si parfaits quand le souvenir les appelle.

---

[a] [peut-être *biffé*] encore
[b] [à l'esprit *biffé]*

---

[1] Expression non identifiée.

[2] Saint-Palais, en français; Donapaleü, en basque.

[3] Le Pic d'Ossau et le Pic d'Anie sont situés dans le département des Pyrénées-Atlantiques.

[4] Auberges.

[5] Château situé au sud d'Uhart et près de la vallée de Roncevaux, où périt le paladin fameux, un des douze pairs de Charlemagne, immortalisé dans le *Chanson de Roland*. Douglas Druick note que ce fut le château d'Uhart qui appartenait aux Berdoly, et pas celui d'Altabiscar. Selon Druick, cette modification serait due à un désir, de la part de Redon, de se rapprocher des lieux de la grande épopée nationale (Douglas Druick, *op. cit.*, p. 41). Par ailleurs, en 1868–69, Redon exécuta son tableau *Roland à Roncevaux* (Bordeaux, Musée des Beaux-Arts), qu'il exposa en 1870 à la Société des amis des arts de Bordeaux.

[6] Logiquement, on est ici à la section III, les sections I et II ayant été signalées au ff. 1 et 5 respectivement.

[7] Le prototype de Thérèse serait, selon Douglas Druick, une certaine Gélas, jeune fille basque dont Redon s'était épris lors de son premier voyage avec Henri Berdoly. Berdoly ne manquera pas, quelques mois après la fin du voyage, de notifier son ami que la beauté de Gélas s'était déjà fanée (Douglas Druick, *op. cit.*, p. 42).

## [f°1] **Une histoire incompréhensible**[a]

[f° 2] I

Dois-je vous dire où nous allions en ce très-court voyage ? Il fut rapide et comme un rêve, le but importe peu.

L'ami qui m'accompagnait, si vous l'interrogiez, ne vous dirait pas davantage ; c'est nos vingt ans qu'il faut noter, c'est l'éclat de nos rires, notre insouciance, c'est l'alerte gaîté de la jeunesse insoucieuse et vivante qui nous portait sans de bien grands regrets[b] vers ce poudreux wagon des troisièmes. Nous cherchions[c] avec une anxiété très[d] légitime celui qui nous donnait les chances de disposer le plus librement de la plus large place, sinon pour y dormir, au moins pour tirer bon profit du[e] bien-être de[f] ces intérieurs un peu rigides.

Une porte nous montrait un wagon presque vide ; une dame seule y occupait silencieusement[g] le premier coin, et sans nous en éloigner, car l'on est toujours un peu instinctivement attiré vers les dames — nous entrâmes sans nous consulter, pour nous placer[h] auprès d'elle, et nos rires et notre gaîté firent spontanément l'invasion du silencieux compartiment.

On sait les rires et les joyeuses saillies qui sillonnent ordinairement ces sections dans lesquelles voyagent les populations les moins fortunées, surtout en France, parmi les voyageurs français. C'est bien là qu'est la vie ; c'est là que l'abandon et le naturel président à tous les entretiens ; et les moins parleurs quelquefois expriment leur vitalité intérieure par d'alertes chansons : accents libres et spontanés des cœurs sommaires, sans

---

[a] [*Le titre est précédé des mots suivants, ajoutés par Mellerio*] Feuille simple où le titre est écrit à nouveau en noir à l'encre
[b] regrets [ni envie *biffé*]
[c] [dans *biffé*]
[d] [bien *biffé*]
[e] [de leur *biffé*]
[f] [et de la rigidité *biffé*]
[g] [un *mot illisible biffé*]
[h] [et nous nous mîmes *biffé*]

art et sans apprêt autre que la libre mesure et la générosité de l'élan. Aussi traduisent-ils souvent avec justesse le caractère de leurs conditions et de leurs souffrances. Elles sont lourdement et profondément maladives[a], ces mélodies populaires ; elles sont tristes, comme d'une âme opprimée. Écoutez dans la rue, celle que colporte [*f°*3] l'ouvrier vigilant lorsqu'il revient de la journée. Elles ont du cœur, elles ont du[b] sentiment ; elles nous traduisent ce qu'il souffre, elles révèlent son[c] âme, donnant partout tout ce qu'il aime, sans préférence de mode et sans banalité.

J'ai voyagé en première et[d] n'y ai vu qu'un monde fatigué, ennuyé, de mauvaise humeur ou malade ; un air de convoitise et de fausseté. Le poids d'un irrémédiable dégoût semble opprimer le front de ces lourdes personnes. Voyez ces traits, ne trahissent-ils [*sic*] leurs habitudes ? Ces yeux dont les paupières appesanties trahissent le malaise de l'effort et la tiédeur du caractère. Beaucoup d'entre eux ont des distinctions que l'on dit honorables, ils sont décorés. Les dames y sont frivoles ; elles tiennent en main un livre qui est invariablement un roman de beauté douteuse ; elles s'en détournent un instant pour vous regarder à la dérobée si la jeunesse vous a doté de quelque beauté. Si l'on échange quelques paroles, il ne faudra rien dire ; la conversation prendra le ton banal des conversations fausses et mondaines. Malgré le lieu, malgré la rencontre et l'imprévu du voyage qui fait supposer qu'on ne se verra plus, pas un seul côté vrai de l'âme se montre pour expliquer au moins l'utilité de la causerie. En vain la nature offrira-t-elle aux yeux du voyageur l'image rapide et pittoresque d'un pays grandiose : ils sont muets. Ils ne seront sensibles qu'à la rigidité, à la froideur de votre tenue : rien du cœur et de l'élan natif ne serait de mise ; ne laissez jamais voir la spontanéité de vos impressions.

---

[a] [populaires *biffé*]

[b] [un *biffé*]

[c] [leur *biffé*]

[d] [quel contraste je *biffé*]

48

Ne laissez croire qu'à l'aristocratie et au luxe de vos habitudes, tout le dédain des mouvements vrais.

[*f°*4] Il faut fermer la portière pour ne point sentir l'air du dehors au risque d'incommoder fort le voisin qui serait asthmatique. Il faut porter à la ceinture ce petit sac de voyage pour y enfermer des odeurs et des livres nuls, et la monnaie, signe évident de leur mission basse et de leur activité sur la terre qui se résume dans l'amour de l'or. Il faut bien se nourrir cependant et comment faire, si vous vous permettez, vous voyageur libre d'esprit et de préjugés, le lunch frugal dans les formes qu'autorisent le lieu et le voyage: peuh ! Quel homme mal élevé : il mange. Et cependant l'heure a sonné ; le train a modéré sa marche et insensiblement se ralentit ; on descend ; une foule se meut ébahie et confuse ; et vous voyez se précipiter dans la salle du restaurateur, avec des yeux inertes, une idée fixe, cette bande d'aristocrates dont les dos se dessineront bientôt en lourdes silhouettes autour de la table des sournoises affaires.

II

Comme eux sobre et stoïque mon ami s'était largement muni d'appétissantes viandes froides, de jambons et d'oranges. Mais la simplicité de mes goûts et le désir plus grand d'être libre et sans les ennuis des effets du voyage, ne m'avaient laissé que le fardeau de quelques petits pains d'une vertueuse et philosophique frugalité. Il eut, en bon [*f°*5] ami, pitié de ma forte sagesse et m'offrit de partager avec lui le somptueux déjeuner qu'il étalait devant moi, et ce n'était point sans doute pour mettre un terme à mon engouement et à ma gaîté qui présidait à mon jeûne et à ma disette ; mais par cet abandon cordial qui lie bientôt deux hommes qui partagent un instant les ennuis d'un petit voyage.

Pourtant en face de moi *l'inconnue* était là silencieuse et ne nous avait pas encore beaucoup occupés. Elle s'apprêtait aussi à déjeuner et défaisait quelques paquets dans un *Keupscak*[1] de style et[a] forme étrangère, et[b] quoiqu'elle n'eût rien pris ni rien préparé pour elle encore je la vis déployer élégamment un petit verre de bohème, déboucher[c] une bouteille noire et m'offrir spontanément du *porto.*

— Acceptez, Monsieur, me dit-elle ; la permission que je prends est explicable en voyage.

Je la remerciai du ton le plus joli, en dissimulant autant que possible — et j'ignore pourquoi j'étais devenu dissimulé — en dissimulant, dis-je, l'étonnement que me causait une offre qui me semblait s'écarter de nos usages.

— Je n'insiste donc pas, Monsieur ; mais puisque vous me refusez en ce moment, vous l'accepterez, croyez-moi, demain matin...

Je ne compris pas, je l'avoue[d], grand-chose à sa prophétie. Le sens qu'elle mettait [f°6] à cette offre ne me captiva point longtemps, et vous m'approuverez sans doute, lecteur, vous pensez qu'il est bien de ne point rechercher pourquoi la personne inconnue à qui vous refusez un petit verre de liqueur noire vous affirme d'un ton mystérieux et dogmatique que vous ne lui refuserez pas le lendemain matin ; je suis sûr de votre appui en cela, et fier de votre estime, je reprends le cours de mon récit.

Mon ami, en diagonale, me lançait des regards singuliers, lui aussi français que moi, venait de quitter à Paris un quartier où des dames qui nous offrent un verre de liqueur noire, sont sûres toujours[e] d'être agréées. Cela est pour dire que nous étions l'un et l'autre en vacances. Diable, diable, quel début nous faisions là en présence de cette inconnue. Une dame qui me promettait de ne lui rien refuser le lendemain, et nous deux de rire, nous comprenant à

---

[a] [de *biffé*]
[b] et [comme *biffé*]
[c] [et *biffé*] déboucher
[d] l'avoue [sans rougir *biffé*]
[e] [que *biffé*]

demi-mot. Je considérai soudain pleinement la dame qui[a] devait nous tenir compagnie. Elle paraissait être étrangère, anglaise peut-être, allemande sans doute, elle était sûrement d'une race autre que la nôtre. Elle n'avait point cet abandon qui nous caractérise, cette grâce, ce sourire, ce charme en un mot qui [f°7] caractérise la femme française qui est la reine, la souveraine personne de[b] leur sexe après la Basquaise.

Ha[c]! lecteur, croyez-moi, celle-ci est la véritable palme, au risque de passer à vos yeux pour un étudiant sans principe, sans fierté nationale, oui, certainement et douloureusement, je vous l'affirme, la femme qui naît et vit en Biscaye est la véritable personne qui est digne de nos hommages.

1° Elle n'est d'aucun pays.
2° Elle est d'une race inconnue.
3° Elle est jolie.
4° Elle est belle.
5° Elle est fière.
6° Elle est libre.
7° Elle est vierge.
8° Elle est aimante.
9° Elle est cruelle.
10° Elle est bonne.
11° Elle a le sens de l'intrigue.
12° Elle est capable de tout nous voiler
13° Elle est poète.
14° Elle aime le changement.
15° Elle est constante dans l'amour de son pays natal.
16° Elle parle une langue incompréhensible.
17° Elle est amoureuse.
18° Elle ne nous aime jamais.

---

[a] [nous *biffé*] devait
[b] [du *biffé*]
[c] [Oh *biffé*]

N'est-ce point là, lecteur, des titres qui la mettent au-dessus de toute comparaison et de toute analyse ? Qu'en [*f*°8] pensez-vous ? Si vous aviez voyagé comme moi je l'ai fait en ces douces et poétiques contrées qui bornent notre belle France du Midi, non loin de la mer, au seuil de sombres montagnes vous verriez que j'ai[a] pleinement raison. Vous verriez que les plus longues expériences ne suffisent point pour comparer et proclamer le prix suprême, dans cette espèce[b] si féconde en variétés et dont le seul caractère est l'incompréhensible. Ah ! croyez-moi, n'allez jamais dans le pays basque, vous seriez de mon avis, en une seconde, et vous auriez à vous dire, au plus profond de votre conscience, qu'il y a réellement une femme remarquable, une femme supérieure, une femme unique, et que cette femme est basquaise.

L'inconnue que j'avais devant moi n'était point de ces bienheureuses contrées. Son extérieur me le disait ; elle portait sur elle une robe de soie[c], à raies vertes et noires, un châle de laine fine à carreaux noirs et blancs couvrant ses épaules, négligemment posé et sans apprêt. À son cou brillait un médaillon d'or qui encadrait un portrait d'homme, dont la physionomie ne me plaisait point ; il avait l'air bête, ce personnage ; il avait été pris en face, raide, [*f*°9] sans vie et sans naturel, on eût dit qu'il avait supprimé durant la seconde requise pour l'inspiration[d] du collodion[2], le moteur et la loi de tout son être. Il était dans ce petit cadre comme l'âme funeste laissée par un malfaiteur. Tout cela dit sans jalousie, bien entendu.

C'est là tout ce que je me rappelle de ma noble compagne que je considérai rapidement et à la dérobée, car mes yeux qui ne paraissaient point[e] être ceux d'un observateur, rencontraient les siens, vifs, brûlants, perspicaces, et scrutateurs, à me confondre et à me gêner bien plus moi-même.

---

[a] j'ai [pleinement *biffé*]
[b] [ce sexe *biffé*]
[c] soie [rayée de *biffé*]
[d] [la fixité *biffé*]
[e] [ne rendaient point *biffé*]

Il était tard. Mon ami s'était étendu négligemment sur la banquette, et me disposait à l'imiter ; cela est permis sans doute ; je demandai hardiment à mon inconnue si elle ne se disposait point à en faire autant.

— Non, non, me répondit-elle. Je ne dors jamais.

— Comment ?

— Non, je ne dors point, durant la nuit du moins.

Dès le jour seulement, je sens ma paupière s'appesantir et l'univers entier ne m'empêcherait pas [*f*° 10] à ce moment d'obéir à un sommeil pesant et impérieux. Je dors ainsi tout le jour, mais jamais durant la soirée, ni la nuit, ajouta-t-elle avec un accent de tristesse qui me frappa et resta pour moi dans l'incompréhensible.

Je m'étendais le mieux que je pus au long de ma couche de bois, et ma foi, je m'endormis. La nature ne m'avait point fait comme elle[a].

Vous dire que je m'endormis complètement, lecteur, cela ne serait pas la vérité entière, et il ne faut point mentir ; la loyauté, l'honneur d'une parole vraie est encore ce qu'il y a de plus noble et de plus respectable dans l'homme, et l'on peut dire, sans crainte d'être dégagé[b] [*sic*] par personne, que la bonne foi est[c] seulement ce qui nous distingue des bêtes. Les animaux n'ont pas de bonne foi ; j'en ai vu de profondément hypocrites, et si vous observez votre chat, tout familial et aristocratique qu'il est, vous découvrirez bientôt qu'il se livre à des prodiges d'astuce, de perfidie et de fausseté pour [*f*° 11] conquérir la souris[d], sa proie, qui vient innocemment le soir fureter dans les coins de la chambre, pour subvenir à cette dure nécessité[e] de chaque jour dont elle n'est point libérée, comme tout le monde.

---

[a] elle. [Le train allait profondément lancé, depuis longtemps déjà il ne s'arrêtait plus *biffé*]
[b] [*Mots ajoutés par Mellerio*] mot douteux
[c] [parole vraie est au *biffé*]
[d] [sa proie *biffé*]
[e] [ses appétits *biffé* ; cette nécess *biffé*]

Je donnerai au chien une loyauté plus entière ; ce brave animal, plein de vertu et d'activité, a l'âme trop haute pour se livrer à tous les calculs du mensonge. Il va, il vient tout occupé de ses affaires. Jamais il ne vous prend en traître pour obtenir un os. Je sais bien que beaucoup d'entre nous ne font pas la conquête de leur[a] fortune et de leur bien-être sans employer envers leurs semblables un peu de cette perfidie que je blâme, mais je vous parle de l'homme vraiment digne de ce nom qui n'a pas l'intérêt bien grand en une pareille misère, celui qui a pour but de porter haut en lui-même la conscience de sa liberté et de sa grandeur, celui-là, cet homme, dis-je, placera tout son honneur à ne point mentir. Je dirai même que par une loi étrange et très mystérieuse de sa destinée, il se complaît quelquefois à laisser croire à des mensonges, alors qu'il est dans la plus parfaite [f°12] loyauté. Il y a une volupté particulière à se sentir inconnu et mal jugé. La[b] culture de notre[c] for intérieur nous[d] assigne ainsi[e] de jouer la comédie[f]. Il y a de la consolation en cette erreur parue et qui nous donne le droit de nous juger supérieur à celui que nous trompons, par la seule raison qu'il est disposé à le croire.

Eh bien, lecteur, je ne joue point la comédie, je vous promets bien que je ne m'endormis point comme s'endorment les eaux[g] dormantes, j'étais seulement dans ce demi-sommeil qui nous laisse[h] la très-vague et la très-confuse[i] conscience que nous avons des choses, voilà tout. Le train allait profondément lancé. Depuis

---

[a] [es *biffé*] [*Mots ajoutés par Mellerio*] ou ; as ?
[b] [Cette *biffé*]
[c] [son *biffé*]
[d] [lui *biffé*]
[e] [quelquefois *biffé*]
[f] [cette perfidie qui laisse croire qu'il y a une étrange volupté *biffé* ; mode de *biffé* ; manière de se confiner en soi-même *biffé*]
[g] [ces trou *biffé*]
[h] laisse [très nette et très sensible *biffé*]
[i] [les faits *biffé*]

longtemps déjà il ne s'arrêtait plus à ces stations intermédiaires[a] d'un long parcours de nuit. Il ballotait notre compartiment faiblement éclairé par une lumière diffuse, affaiblie, jetant des ombres noires et confuses comme dans les vieux[b] tableaux hollandais sur lesquels le temps et la bitume [f°13] ont imprimé comme un emblème de ce pays sombre et attristé.

De temps à autre la force de ma volonté triomphait[c] un instant[d]. Je jetais[e] un regard à la dérobée pour surveiller l'étrange personne que j'avais en face de moi, mais je rencontrai alors un regard pénétrant directement fixé sur moi.

Qu'advint encore, je l'ignore, car je perdis enfin complètement la conscience de moi-même, malgré le cahotement continu du railway qui allait, allant toujours d'une vitesse excessive.

Quand je me réveillai au milieu de la nuit, après un long sommeil, je sentis une chaleur douce envelopper toute ma personne. Quelque chose de léger et de chaud m'enveloppait... mais en ouvrant les yeux un peu plus, je vis le châle de la dame étendu rigoureusement et soigneusement sur mes épaules qui me protégeait sans doute du froid du matin. Je n'osais ouvrir les yeux... je restais sans bouger, sans rien dire, [*mot illisible*] pour m'expliquer ce qu'il y avait de singulier et d'agréable pour moi dans cette [f°14] singulière[f] aventure.

De plus, j'étais plongé dans une véritable léthargie. Je ne pouvais bouger. Je n'avais plus la force de parler, ni de me soulever, ni de me dépouiller de cette torpeur étrange qui m'ôtait le pouvoir de bouger et de parler, comme une véritable paralysie. Je faisais cependant[g] assez usage de mon cerveau pour réfléchir un peu à ma situation présente. Elle était grave, n'est-ce pas ? Couvert

---

[a] [rappro *biffé*]
[b] [et ressemblait à un *biffé*]
[c] [*Mots ajoutés par Mellerio*] ou : en triomphant ?
[d] *Ici, Redon avait écrit :* instemps
[e] [poussais *biffé*]
[f] [surprise *biffé*]
[g] [et j'avais cependant *biffé*]

d'un châle de laine à carreaux, et une personne[a] qui vous est étrangère qui n'a aucun droit sur vous, même dans votre sommeil, fussions-nous dans un pays où les hommes ne dorment jamais comme les propos de cette femme me le laissaient supposer.

Je me demandais aussi si mon ami n'était pas capable de m'avoir fait cette malice, mais assurément non. Ce châle m'enveloppait doucement et pleinement et assurément une main délicate, une [*f*°15] main de femme, avait présidé à ce soin.

Assurément cette intéressante inconnue est fort aimable, et si j'osais aller plus loin, je penserais aussi que cette audace demanderait une réparation, une réparation immédiate, mais comme nous étions en chemin de fer, et ensuite comme mon offenseur était d'un sexe femelle, je ne pouvais point[b] donner un cours plus grand à cette autre pensée.

Non. Je vois seulement que cette personne est fort affectueuse, voilà tout. Elle a pensé que le froid du matin serait périlleux peut-être à ma frêle personne et elle a doucement et délicatement pris soin de moi.

Enfin par un effet dont je ne puis me dire la cause, ma léthargie cessa et prenant l'air le plus naturel que possible — car je suis un peu dissimulé — je dirigeai les yeux sur elle, mais à la lueur de l'aube naissante je vis les siens directement attachés vers[c] moi.

[*f*°16] Alors me mettant à rire je lui fis part de mon étonnement. Je lui dis que je voyais maintenant pourquoi la nature l'avait privée de sommeil ; ce n'était sans doute que pour présider comme une fée au repos[d] de ceux qui dorment, je me félicitai d'avoir été placé par la providence sous un regard aussi protecteur des siens, vifs, brûlants, perspicaces.

---

[a] [et d'un châle *biffé*]
[b] [je me gardais *biffé*]
[c] [*Mots ajoutés par Mellerio*] ou : sur ?
[d] [soin *biffé*]

Elle ne répondit pas, elle m'offrit un verre de *porto* et je l'avalai sans hésiter, et presque sans surprise, quand je me rappelai soudain la promesse qu'elle m'avait faite la veille au soir.

Elle m'assura qu'il n'y avait rien que de très-naturel pour elle en cet acte ; qu'il était parfaitement en usage dans son pays[a], et même, ajouta-t-elle, si je n'avais pas réfléchi à votre nationalité et à la surprise que cela[b] vous occasionnerait, je vous eusse couvert jusque par-dessus la tête, ajouta-t-elle, en riant.

Alors riant comme elle, je reconnus loyalement, car je suis loyal, qu'elle n'avait pas grande aptitude pour [f°17] le sommeil.

C'est ainsi, me dit-elle : je ne dors jamais en voyage… ni chez moi, non plus. Cette disposition me domine depuis le jour même où par un secret[c] du sort, la nature me donna une petite sœur qui dès sa naissance[d] m'est tout à fait contraire : elle dort durant le jour, elle dort la nuit, elle dort sans cesse. Elle ne s'éveille un instant que pour prendre la nourriture nécessaire à sa vie, et maintenant qu'elle a 15 ans, elle est belle, elle est charmante, mais elle est[e] toujours là dans un état voisin de la mort. Cette bizarrerie de la nature, vous le compendrez, n'accompagnera pas ma sœur bien loin dans le champ de la science ; son intelligence est encore inculte ; mais autrement son cœur est bon, elle est d'une humeur débonnaire, et sans cette bizarrerie mystérieuse de la nature qui la supprime, elle serait comme le commun des mortels.

Ma famille a tout fait pour la guérir, depuis sa naissance. On est allé en Allemagne consulter un[f] médecin dont la science est profonde : il essaya tout sans réussir. On crut un moment lui donner [f°18] de la vie et de l'activité mais ce fut au détriment d'une santé qui nous est chère. L'enfant dépérissait, dépérissait et en quelques jours elle était devenue comme un vrai squelette ;

---

[a] [propre *biffé*] pays
[b] [vous *biffé*]
[c] [mystérieux *biffé*] secret
[d] [parut dans la vie *biffé* ; dès sa naissa *biffé*]
[e] [là *biffé*]
[f] [une grande *biffé* ; de plus grands [*mot illisible*] médicale *biffé*]

lorsque spontanément elle s'endormit quand[a], dans notre angoisse, nous crûmes qu'elle était morte, elle se réveilla un jour après pour demander à manger ; elle avait repris le cours de ses dispositions naturelles.

Depuis elle a grandi, embelli, mais elle dort sans cesse. Et moi, je ne puis jamais trouver le repos — elle-même me donne la vie : je ne souffre point, et j'ignore seulement ce qui peut se passer en vous quand vous dormez. Je me demande comment une personne raisonnable peut ainsi abdiquer sa volonté, sa terreur[b], sa connaissance[c] jusqu'à se laisser aller ainsi.

— Pourquoi dormez-vous ?

— Je l'ignore. J'avoue seulement que le sommeil est la plus pure de mes[d] voluptés. Dormir c'est ne pas vivre. C'est oublier les hommes et les dames[e] [f° 19] et s'il était possible de transiger avec sa destinée, s'il nous était possible de changer aussi d'organisme jusqu'à choisir notre tempérament et notre caractère, car je n'ai jamais été régulièrement consulté quand je l'ai reçu dans le sein de ma mère — je crois que je changerais volontiers avec votre sœur. Ne pas vivre, ne point voir, ne point sentir, ne rien écouter du dehors que mes songes. Mon Dieu.

Ces récits, la simplicité du lieu et du voyage, me captivèrent longuement[f]. Cette étrange personne, ses propos qui l'étaient encore plus. Je la crus folle, et pourtant rien en elle ne le montrait. Elle nous entretint après cela de toutes choses, d'art et de voyage. Elle était mariée ; son mari devait l'attendre à l'arrivée. Une personne mariée qui ne dort point, me disais-je, je n'en voudrais point pour femme, ni de sa sœur, non plus.

---

[a] [dans *biffé*]
[b] [*Mots ajoutés par Mellerio*] mot douteux
[c] [*Mots ajoutés par Mellerio*] mot douteux
[d] [nos *biffé*]
[e] [*Mots ajoutés par Mellerio*] mot douteux
[f] [longtemps et *biffé*] longuement

---

[1] Cf. *knapzak* (en hollandais) et *knapsack* (en anglais).

[2] Le collodion est une dissolution de coton poudré dans de l'éther alcoolisé utilisée en photographie. L'« inspiration » en question est donc littéralement l'action de faire entrer l'air dans les poumons. Le procédé photographique à base du « collodion humide », mis au point par Scott Archer en 1851, consistait à étendre un mélange d'alcool et d'éther sur une plaque de verre. Mais la plaque ne restait sensible qu'à condition d'être humide, ce qui fait qu'il y avait danger, lors des séances de pose, pour le sujet en train de poser et, à plus forte raison pour le photographe, de « supprimer […] le moteur et la loi de tout son être ». Cette difficulté sera levée, dans les années 1870, par l'utilisation du « collodion sec ».

# La Ronde d'amour[a]

## [*f*° 1] I

Sera-t-il dieu, table ou cuvette ? On[b] l'ignore : nul ne peut dire ici ce qui sera[c]. Nul n'est ce sphinx rigide qui voit dans[d] l'avenir et voit[e] l'énigme[f] des mystères. Que son œil ferme fixe sans cesse[g] le changeant horizon[h] qui dresse devant lui des spectres ou des anges, qu'il regarde toujours au loin et soulève le voile fatal[i] qui nous dérobe le malheur ou l'ivresse[j]. Le but est inconnu ; on ne sait rien[k].

Sera-t-il dieu, vous dis-je ?
On ne sait[l].
Sera-t-il table ?
Pas davantage.
Sera-t-il donc une cuvette[m] ?

---

[a] [*Le titre est precédé des mots suivants, ajoutés par Mellerio*] Sous couverture de papier écolier blanc — plié en deux. Titre à l'encre violette : [*Après la deuxième mention du titre paraissent les mots suivants ajoutés par Mellerio*] Titre écrit au crayon : [*Après quoi, Mellerio ajoute les mots suivants*] Puis le reste à l'encre noir. [*Une autre version de ce texte, intitulée* Questions *et datée également d'août 1877, se trouve sur quelques feuillets séparés, juste avant* Le Cri *Nous indiquerons ces variantes en les marquant du sigle* Q.]
[b] [Je *Q*]
[c] [Il ne m'est point possible de vous dire ce qu'il deviendra. *Q*]
[d] [creuse *biffé*]
[e] [et démêle *biffé*]
[f] [Je ne suis pas ce sphinx rigide et impeccable qui creuse l'avenir et démêle l'énigme *Q*]
[g] [fin *biffé*]
[h] [Que son œil fixe sans fin l'horizon changeant *Q*]
[i] [qu'il regarde toujours, toujours au loin pour soulever encore le voile *Q*]
[j] [qui nous étreint en nos malheurs ou nos joies *Q*]
[k] [La fin m'est inconnue ; je ne vois rien. *Q*]
[l] [Je ne sais. *Q*]
[m] [Sera-t-il [humblement: *biffé*] simple cuvette ? *Q*]

61

Silence[a], [*mot illisible*]. Nul ne sait ce que la foi nous donne[b] ; j'obéis à ma loi, je vais droit à ma fin sans autre initiateur que mon rêve. Je ne sais point ce que l'avenir me réserve : je vois l'univers muet, poussé par un instinct divin qui m'élève, vers le mieux constamment, vers le bien, dans [*f*° 2] un essor suprême et incompréhensible. Le but est inconnu, je ne sais rien.

Ainsi parla l'artiste[c] en sa marche obstinée[d]. Quand la santé vient, la beauté lui parle, dans sa tâche téméraire. Ainsi parla-t-il de son œuvre, et de lui, quand l'homme sceptique entre soudain, dans sa demeure silencieuse.

II[e]

Un jour, un triste jour, je vis passer devant moi de vives [*mot illisible*] et pures jeunes filles[f]. Elles allaient, vives[g] et légères, en cueillant[h] les fleurs qui bordaient le chemin[i]. Leurs regards étaient fixés droit devant elles, inquiets et contraints, comme si ce même but occupait[j] leurs pensées. Leurs voix qui emplissaient l'air sonore[k], se mêlaient aux tintements de la cloche du village, qui se répétaient[l] très légèrement [*mot illisible*] et monotone [*sic*]. Elles

---

[a] [Mutisme, mutisme obstiné. *Q*]

[b] [Je ne sais rien de ce que le souffle me donne. *Q*]

[c] [le poète *Q*]

[d] obstinée [quand le doute vient le hanter, lui parler, dans sa demeure solitaire. / Ainsi répond l'artiste, aussi quand l'amateur sceptique frappe chez lui, à sa porte sourde et silencieuse. *Q*]

[e] [*Indication par Mellerio*] au crayon.

[f] [les enfants souriants et de blondes jeunes filles *Q*]

[g] [sveltes *Q*]

[h] [en arrachant *Q*]

[i] [la route *Q*]

[j] [comme si quelque chose qui leur était commune occupait *Q*]

[k] [l'air du soir de notes grêles et maladives *Q*]

[l] [répétaient mélancoliquement et tristement dans un rythme lent et monotone. *Q*]

allaient toujours vives et alertes, et précipitaient[a] leurs pas vers leur but, que j'ignorais.

[f° 3] Qui les poussait ainsi dans leur course rapide ? Nul ne le sait. Elles allaient toujours, et leur marche qui s'accentuait à chaque instant [*mot illisible*] donnait à leurs regards une vigueur plus extrême, un désir, une anxiété qui tenait presque du vertige.

Je les suivis, entraîné que j'étais par une force surnaturelle.

À mesure qu'elles avançaient, leur chants devenaient plus tristes ; quelques pas faits encore ; et elles ne chantent plus. Elles sont près du but qu'elles désirent. Elles vont sur la place de la danse, dans une ronde d'amour avec leurs bien-aimés.

## III

Il y a sur cette[b] place beaucoup de monde ; des enfants turbulents qui passent et s'agitent en criant ; les vieillards écartés devisent des affaires de la ville, se parlent bas, doucement, sentencieu[f° 4]sement ; et les mères[c] pleines de retenue[d] regardent avec un pur orgueil[e] vers la route d'où[f] leurs enfants vont venir ; elles arrivent[g] enfin, timides et rougissantes.

On entre alors, dans la ronde ; on ne chante plus, on tourne, on danse, on saute, et plus vives sont les étreintes[h] et les regards plus passionnés ; le plaisir et l'amour[i] exaltent, elles sont dans l'amour, dans l'idéal et dans la poésie.

---

[a] [semblaient précipiter *Q*]

[b] [la *Q*]

[c] [plus retenues en ce jour, et même orgueilleuses *Q*]

[d] [et même orgueilleuses *biffé*]

[e] [avec obstination *biffé*]

[f] [le côté où *Q*]

[g] [paraissent *Q*]

[h] [Les étreintes deviennent plus vives *Q*]

[i] [l'amour, la passion même semblent changer en monde présent pour l'invisible ; ils sont l'amour et dans l'idéal *Q*]

Odilon Redon: *Ecrits*

   Voici l'image de ma vie et de mon cœur, de mon âme, de mon cours [*sic*] ; de ma fin...[a]
   Et la ronde d'amour se tourne pour l'éternité.

Août 1877

_____

[a] [Il en est ainsi de mon cœur, de ma vie, de mon âme *Q*]

# Nuit de fièvre[a]

## [*f°*1]

Avez-vous connu la tristesse, l'effet particulier des murs nouveaux en qui nous habitons pour la première fois ? Connaissez-vous cet abandon suprême, d'exil en l'inconnu, l'abandon de soi-même ; ce mutisme obstiné de quatre vilains murs ? Ces lieux sans souvenirs, où rien de vous[b] n'habite encore, sans un rappel des êtres humains qui nous sont chers ; ce vide sans retour ; cet ordre, ce silence, vous ont-ils donné plus que de la mélancolie ? — Non — C'est l'accent toujours sûr d'une chambre nouvelle, l'alpha d'un inconnu, le refus de l'action de la vie.

Je l'ai subi longtemps partout où j'ai passé, partout où j'ai ressenti cette mort-là, quand même ; et[c] j'ai cherché, hanté, creusé ces choses, et jamais, non, jamais je n'ai su voir comment j'étais si triste, pourquoi l'effort m'avait manqué partout où j'ai posé ma tête, partout où j'ai passé.

\*

Un soir, un triste soir, je reposais dans une chambre d'auberge. C'était en un pays presque barbare, sombre et triste, au pied d'une montagne noire, aiguë qui perçait de sa cime l'épais nuage noir qui l'enveloppait ; et ce nuage m'envahissait moi-même et emplissait mon esprit d'effroi et de ténèbres.

---

[a] [*Le titre est précédé des mots suivants, ajoutés par Mellerio*] Sous-couverture de papier écolier blanc plié en deux sur cette couverture :
[b] [nous *biffé*]
[c] [est *biffé*]

65

L'ouragan qui m'avait chassé, m'avait rempli l'âme d'effroi ; j'avais fait une longue route, une route sans fin, monotone, languissante ; mon[a] esprit en était comme opprimé.

[f°2] J'avais vu cependant tout le jour des choses éternelles ; j'avais vu des pics sublimes, j'avais vu des vallées ; j'avais parcouru ce[b] pays inconnu jusque-là ; et durant tout le jour en ma marche obstinée, fatigante, insensée, le bruit de l'ouragan, la bourrasque brutale qui m'avait heurté, avait posé sur moi comme la froide pierre d'un tombeau.

J'avais, comme on dit, la mort dans l'âme. Et c'était bien une espèce de mort, en effet, que cette léthargie morale qui me tenait ainsi dans l'idée fixe de l'angoisse, sous le poids pesant, obstiné, d'un spleen bizarre.

Étendu sur le lit, je regardais vaguement les choses. Le flambeau qui éclairait faiblement la chambre et donnait une lumière mobile, incertaine et diffuse ; le vent qui traversait les persiennes mal closes passait sur la flamme légère qui vacillait, oscillait et ne donnait que des lueurs inquiètes. Ce trouble et cette mobilité persistante des ombres qui remuaient et s'allongeaient, allaient et revenaient, donnaient à l'ensemble de la pièce un aspect étrange et presque fantastique.

[f°3] Il y avait sur les murs teintés de jaune[c] des images grotesques[d], dont les teintes, les couleurs criardes, âpres et crues, criaient aussi fort que l'ouragan. Je vois encore nettement à ma gauche, près de la table poussiéreuse[e], *Paul et Virginie*, à l'heure où les deux amants se font leurs adieux ; puis sur l'autre face, un cadre représentait *Les Quatre Fils Aymon*, raides[1], sublimes presque, parallèlement dessinés en profil, sur un fond vert. Sur la

---

[a] [et *biffé*] mon

[b] [le *biffé*]

[c] [couleur de jaune *biffé*]

[d] [sommairement représentées *biffé*]

[e] [dont *biffé*] poussiéreuse

cheminée, était une Madone banale, entourée de fleurs et de bouquets desséchés, qui semblaient avoir été placés là à des moments différents, à diverses échéances. Mais la tête, puis un long chapelet composé de grosses boules noires, sans art, sans goût, et enfin au-dessus, un large[a] crucifix en bois noir semblait comme[b] [*sic*].

Quand soudain au milieu du bruit du dehors, j'entendis très distinctement, le tintement de quelque chose de [*f°*4] barbare[c], un tintement lugubre qui sonnait comme le glas funèbre, le glas funèbre des agonisants.

Je reconnaissais bien à cette heure ce battement sonore et triste, régulier, monotone, dont le rythme fatal tournait mon esprit vers de plus douloureuses pensées : je l'avais entendu dans la maison de ma mère, lorsque, pour la première fois, la mort vint nous visiter. Le vieil oncle que j'avais tant aimé, dont la bienveillante bonté avait plané sur mon enfance, venait de mourir, emportant avec lui mes premières peines, les premiers battements d'un cœur attristé. C'était bien cette douleur suprême qui me prenait maintenant : on entendait le même village, le même clocher, tant était vive et forte en moi l'intensité de ces retours. Et cependant, j'étais bien loin de chez moi à cette heure, en cette soirée épouvantable où l'idée de la mort me suivait.

Mais l'ouragan, mais la tempête, et l'austère puissance qui au dehors soufflait dans les gorges de la montagne, primaient encore sur ces bruits et ces pensées ; cet ensemble gigantesque de forces surhumaines touchait à l'épopée, à la poésie farouche et forte des temps barbares[d].

---

[a] [*Mots ajoutés par Mellerio*] ou long ?

[b] [*Mots ajoutés par Mellerio*] mot douteux ; mot illisible

[c] [lugubre *biffé*]

[d] barbares [Et ces pensées, si bien que cet ensemble touchant à l'épopée gigantesque de forces surhumaines, d'un *biffé* ; touchait au souffle épique de l'épopée, comme aux vieux temps, aux jours barbares *biffé*]

[*f*°5] *

Quand j'entendis frapper à ma porte vivement, je tressaillis : mon cœur battait[a] avec violence. En pleine nuit solitaire et muette, qui pouvait venir ainsi à cette heure tardive ? On frappa de nouveau[b] d'une manière plus pressante. C'était un bruit sourd et puissant qui semblait venir de partout, autant de la faible cloison qui me séparait d'une chambre inconnue dont j'avais vu la porte ouverte béante et noire dans la soirée[c], que du dehors, du plafond et des dessous même du frêle et mauvais plancher qui tremblait sous moi, comme ébranlé par un éboulement de la terre.

Dans la sombre et triste impression que j'avais reçue dans la soirée à l'aspect de mon triste et misérable gîte où les hasards [*f*°6] d'une aventure imprévue m'avaient mené[d], j'avais pris des précautions contre la peur, — ne connaissant rien du pays, ni de mes hôtes dont le dur et silencieux visage m'avait glacé dès mon approche, je m'étais confiné et cloîtré, comme un soldat[e] qu'on assiège. Il y avait au milieu de la chambre une trappe que j'avais visitée et dont l'ouverture donnait[f] au-dessous de moi dans une pièce obscure[g] et qui me semblait vide. Soigneusement refermée, par mes soins craintifs j'avais placé sur elle quelques meubles, une

---

[a] [je n'osais *biffé* ; *mot illisible biffé*]

[b] nouveau [press *biffé;* pressan *biffé*]

[c] [en entrant *biffé* ; en passant *biffé*]

[d] [placé *biffé*]

[e] [prison *biffé*]

[f] [à mon arrivée donnait dans *biffé*]

[g] [noire *biffé*]

table, des chaises, et même un coffre sombre très lourd et soigneusement fermé que j'avais traîné d'un coin jusque-là.

Puis la porte était aussi vigoureusement verrouillée. C'était une porte comme il ne s'en fait plus dans une ville civilisée : deux lourdes[a] bandes[b] de fer la traversaient en diagonale ; une lourde [*f*°7] et grande serrure dont j'avais fait tourner l'énorme clef rouillée, la fixait au mur, et dans le centre un petit volet, fermé intérieurement, permettait de regarder en dehors avant d'ouvrir, le visage qui pouvait sans doute être mal venu. Cette porte donnait sur un palier misérable, un escalier tortueux dont les marches vacillantes semblaient trahir l'intention des hôtes à l'égard du passager.

Ainsi clôturé, j'aurais dû me sentir rassuré, contre ma crainte et mon anxiété soudaine, mais on ne s'explique pas avec la peur. Elle naît en nous à son heure, quand il lui plaît de nous hanter, elle s'en va librement de même[c] et sa nature est d'être incompréhensible. Sa source est[d] dans l'ombre, partout où notre esprit est aux prises avec le mystère ; dans ce qu'elle a de vaste, de profond, de vivant aussi, éveille en nous avec grande force les puissances expressives du monde surnaturel. Le plein jour est propice aux idées nettes. Tout ce qui est de l'intelligence naît surtout aux heures de la lumière, lorsque tout nous est précisément visible et ne laisse[e] point de part à l'inconnu. La lumière qui m'éclairait était pauvre et incertaine, une lampe morose[f] et surannée suspendue par une faible chaîne au [*f*°8] plafond sombre[g], traversé de soliveaux noircis. Je regardais

---

[a] [gigant *biffé*]

[b] [*Mots ajoutés par Mellerio*] mot douteux

[c] [elle nous quitte de même librement *biffé*]

[d] [Elle prend sa source *biffé*]

[e] [ne nous *biffé*] laisse

[f] [dégén *biffé*]

[g] [noir *biffé*]

cet intérieur délabré d'un œil inquiet et pris résolument le parti de veiller ainsi, contre moi-même.

Je ne sais si je m'endormis sous mes rideaux[a] qui tremblaient, ce me semblait, tant les secousses de la tempête étaient fortes. Était-ce vision, était-ce du rêve, il me sembla que l'énorme coffre, si lourd de vieux bois, que j'avais si péniblement traîné, était mû par un être qui se débattait dedans, et même des gémissements confus en sortaient et frappaient mon ouïe comme s'ils venaient de loin. Je fixai alors plus vivement ma vue sur ce meuble bizarre. De longues barres de fer enlaçaient en tous sens d'énormes pointes de cuivre, qui les fixaient sur ce vieux bois vermoulu, dardaient leurs reflets sur moi, comme des yeux[b] étincelants et furieux.

Je ne me trompais pas ; j'avais éte poussé par le destin dans un bouge obscur et infâme où quelque crime avait été tenté. Des plaintes de plus en plus distinctes[c] se faisaient bien entendre, et mes incertitudes avaient cessé. Il me fallait au plus vite prendre un parti sur ma situation singulière, en fuyant [f°9] au[d] dehors, prudemment, mais où aller dans ces lieux qui m'étaient inconnus, où me garder contre ce temps inhumain sous les lourdes bourrasques qui tombaient sans intermittence, et sans merci, — appeler du secours dans cette maison singulière, dont j'avais vu les hôtes un moment dans la soirée, sans me sentir moi-même en sécurité.

Un lourd montagnard, trapu, velu comme une bête fauve, s'était accroupi au coin d'une cheminée de la pièce basse où j'avais durant un moment pris de la nourriture. Une vieille femme tremblante et pâle m'y avait servi sans mot dire, et comme avec regret.

---

[a] [sur mon l *biffé*]

[b] [une infinité d'yeux *biffé*]

[c] [nettes *biffé* ; compréhensibles *biffé*]

[d] [*Mots ajoutés par Mellerio*] ou : en

Je m'approchai hardiment du meuble fantastique qui me dardait de son expression étrange[a], et vis bien que les secours que j'aurais pu en tirer seraient inutiles, car il était scellé fortement[b], sans aucune espérance de l'ouvrir, — sentiment singulier, je me sentis presque rassuré. Je me hasardai alors à frapper de ma main les parois extérieurs, comme pour communiquer au-dedans un signe de ma présence et des soupirs étrangement singuliers me répondirent.[c]

C'était une voix à demi-éteinte qui [$f°$10] semblait venir de loin. Je m'enhardissais. J'approchai mon oreille du couvercle et je n'eus plus aucun doute en entendant certainement une respiration lente et régulière, puis des monosyllabes[d] incompréhensibles et des propos heurtés et intermittents comme ceux du délire.

— Je souffre… ô….ouvrez.

— Ouvrez… je meurs, la hâche.

En ce moment, la pluie et la tempête avaient cessé, la[e] lueur encore pâle de l'aube entrait par les vitres du volet de la fenêtre, très haut percée. J'essuyai sur mon front l'humidité de cette nuit de fièvre, un sentiment indicible de sécurité commençant à me pénétrer, avec ce jour consolateur qui grandissait. J'entendis dans la maison le bruit du matin, de lourds sabots faisaient[f] entendre leurs souffles[g] et leur piétinement. Bientôt le coq se fit entendre aussi, — il me semblait que je revenais à la vie. Quelqu'un descendit très doucement dans l'escalier que j'avais gravi. On causa dans la pièce d'en bas, en cette langue harmonieuse de nos régions méridionales. Je ne tardai pas à sortir moi-même, et le

---

[a] [singulière *biffé*]

[b] [vigo *biffé*]

[c] répondirent. [Ouvrez, ouvrez-moi *biffé*]

[d] [paroles *biffés*] monosyllabes

[e] [une *biffé*]

[f] [claq *biffé*]

[g] [*Mots ajoutés par Mellerio*] mot douteux

premier visage [f°11] que j'aperçus fut celui d'une jeune fille à l'œil doux et serein, sur le seuil de la porte de la modeste hôtellerie du village, où les lueurs d'un doux matin entraient librement. Son père passait devant nous et sa fille lui demanda[a] :

— Eh bien? N'as-tu pas trop parlé cette nuit ?

Tout me fut révélé ! Mon hôte habitait la chambre voisine et le dialogue fantastique que j'avais entretenu était avec mon lourd et[b] paisible voisin de chambre, dont la face heureuse et tranquille[c] s'épanouissait devant moi.

La campagne était pure et sereine ; devant mes yeux s'élevait bien haut le pic sublime de la vallée d'Ossau. Les neiges brillantes comme de l'or étincelaient là-haut dans les nues et le monde féerique qu'elles me révélaient maintenant, au[d] clair soleil du matin, emplirent mon esprit de sa poésie bienfaisante, et ma nuit, — nuit de fièvre, — s'évanouit dans ma mémoire, comme un rêve.

---

[a] [et me demanda *biffé*]

[b] [gros lourd et *biffé*]

[c] [paisible *biffé*]

[d] [sous le *biffé*]

---

[1] Raides, parce que, dans l'épopée chevaleresque, qui fait partie de la Saga de Charlemagne, les quatre fils Aymon (dont le père était propiétaire du château d'Albi), se tenaient tous les quatre au dos du prestigieux cheval Bayard.

# Il rêve[a]

[ƒ°1] Il rêve[b]

Il rêve, il a l'esprit perdu dans le monde incompréhensible. On le voit souvent seul au sein des foules actives, courbé sous des retours, son mystère, et ses larmes. Soit qu'il songe au passé d'une vie qui s'effeuille et tombe, mystérieuse[c], inconnue, sur son corps qu'elle opprime, soit qu'un tourment l'accable, soit qu'un mal d'infini l'élève encore[d] au faîte des aspirations humaines, à l'extrême désir des heures suprêmes et inespérées, il rêve, il rêve toujours. Il a les yeux fixés sur les plus beaux nuages et regarde, sans cesse, du plus haut de ses songes, l'éclat immaculé[e] d'une merveilleuse féerie.

Quand il paraît, alors parmi les hommes, il frappe leur esprit par ses dehors étranges ; ce morne isolement, sa perpétuelle béatitude, [ƒ°2] l'éclat triste et profond de ses yeux doux et mélancoliques communiquent le trouble à ceux qui l'approchent.

— D'où es tu donc, forme bizarre, toi qui n'as rien des autres hommes ? Parle, qui es-tu ? D'où es-tu[f] ?

— Je l'ignore ; un mystère a voilé la source de ma vie. Je ne sais rien de moi, si ce n'est que mes jours, comme les vôtres, s'en vont vers le but, vers la fin en toute obéissance aux destinées[g]. Je

---

[a] [*Le titre est précédé des mots suivants, ajoutés par Mellerio*] Sous une feuille de papier écolier blanc, pliée en deux, ce titre sur la première page de couverture : *Il rêve* [*Autre mention, à droite de la page*] D'abord un cahier de 16 pages ensemble, puis 7 feuillets isolés

[b] [poème en prose *biffé* ; discours poétique *biffé*]

[c] [comme *biffé*]

[d] [enfin *biffé*]

[e] [perpétuel *biffé*]

[f] [sais-tu la loi, la fin de ta destinée ? *biffé*]

[g] [et dans l'obstination de ma destinée *biffé*]

vis, je passe, et semblable à un faible enfant que l'univers entoure[a] et qui voudrait démêler les secrets de sa naissance inconnue, je cherche et je m'abîme dans mon effroi. Je vis, je parais, je[b] passe, et bien des fois le front courbé sur ma route ardue, j'ai cherché le secret de mes jours, la source de mes pleurs : mais le doute a brisé mes forces et ma vie, me laissant aller seul dans les larmes, dans mes sanglots. Je souffre.

Une lourde angoisse trouble ma vie. Le temps passe pour moi, ne s'écoule[c] [*f*°3] point dans la joie et nulle intimité ou activité ne m'illusionne. Rien ne m'attache au monde, ni le désir ou[d] la prière, ni l'espace, ni la volonté. Un vague et[e] incompréhensible retour sur mes jours[f], soulève dans mon cœur des retours véhéments[g]. Je souffre et rien de vous, rien d'ici-bas ne saurait animer mon courage, donner le souffle à mes passions, à mes désirs. Ô tristesse, ô ma douce et fidèle compagne[h], ardeur hautaine[i] et aristocratique, toi seule en moi ennoblit[j] ma souffrance ; car très noble est[k] ton mal, quand[l] il est sans colère et docile.

Mais ces[m] jours cependant sont moins sombres, et paisibles[a] quand au cours du chemin[b] que j'arrose de pleurs[c], seul en mon

---

[a] [qui chante, qui cherche à *biffé*]

[b] [et *biffé*]

[c] [*Mots ajoutés par Mellerio*] au verso
[Ô nuit éternelle ! À qui faut-il demander pitié ? Nous tendons vers l'inconnu de l'invisible, les mains suppliantes. Silence. Rien, silence, inconnu. *biffé*]

[d] [l'avenir, ni *biffé*]

[e] [un *biffé*]

[f] [moi *biffé*]

[g] [des regrets constants *biffé*]

[h] [grâce infinie *biffé*]

[i] [secrète *biffé*]

[j] [affermit dans *biffé*]

[k] [il y a de la fierté, il est noble *biffé*]

[l] [car *biffé*]

[m] mes *biffé*]

espérance, je trouve un frère, un autre à qui parler. Les tristes, les doux, les humbles et les infortunés [*f*°4] auront à tout jamais la part de ma plus douce confiance. Je vois dans leurs yeux troublés le trouble même de mon image. Je sens au fond du cœur que ce sont là nos frères, parce qu'ils souffrent, parce qu'ils nous subissent, parce qu'ils sont peu de chose enfin et qu'on les oublie.

Pauvres si chers, pauvres si charitables, que je vous vois dans l'amour[d], je vois vos doux sourires et les joies de votre suprême harmonie. Que se passe-t-il dans votre mémoire ? Qui saurait dire le fond du cœur ? Les âmes de ceux qui souffrent n'ont de dehors intelligibles que pour[e] quelques rares qu'a touchés la délicatesse infinie et qui leur sont en parenté innée. À quoi rêvent[f] les pauvres ? Le passé n'est point leur douceur et leur bourse. Ont-ils pour l'avenir moins d'avenir [*sic*] et plus d'espérance ? S'ils n'ont pas de retours et de haine, ils sont les vrais bons et les sages, et leurs larmes sont déjà taries.

[*f*°5] Pauvres, si chers, demeurez dans la gloire, restez avec le sourire et la grâce la joie pure de votre suprême harmonie. Elles sont à vous ces heures paisibles et incontestées qui suivent l'effort bienfaisant. À vous le sacrifice, votre condition est la vraie noblesse et quiconque accueille par le sourire les touchantes humiliations de votre abandon ne mérite pas de posséder ce charme dont vous êtes les possesseurs méritants et légitimes.

Pauvres si chers, êtres respectables, je vous vois dans l'amour et la grâce et dans les joies d'une suprême harmonie, c'est à vous que je parlerai.

---

[a] [douces *biffé*]

[b] [morne *biffé*] chemin

[c] [mes *biffé*] pleurs

[d] [mes jours *biffé*]

[e] [dans *biffé*]

[f] [rêvez-vous donc *biffé*]

## II

Un voile cache à mes yeux les premiers instants de ma vie. Si je m'éloigne, jusqu'à cette première heure où je naquis à la conscience des choses, je me vois tendre et doux, dans un [*f*°6] isolement suprême. Je me vois triste, silencieusement triste, confiné dans mon cœur et dans mon anxiété des premiers sentiments de ma vie. Et dans mon abattement précoce, en face de la lumière, je vois d'autres visages sans y trouver le moindre sourire. Je me retourne toujours sur moi-même et dans le fond du jour, à l'ombre du bois et de son silence, je me sens tressaillir[a] soudain au souffle de la nuit. Les ombres vivantes et mystérieuses président aux premiers instants de ma vie[b]. J'errai seul, j'allai seul au sein des nuits profondes, écouter et sentir les premiers souffles de ma foi. J'y ressentais comme un redoublement de ma vie ; et désormais, si seul avec moi-même, je ne recherchais plus que leur mystère.

Plus tard, je suis bien faible encore, je vois autour de moi de minces jeunes filles, et je les appelle à mon tendre et chaste amour. Je les vois, le [*f*°7] soir souriantes et vives, danser devant la maison de ma mère et dans leurs jeux, dans leurs rondes, je leur donne ma tendresse et je pleure.

Mon adolescence prit son essor[c] par de vagues aspirations et[d] la vision du constant idéal qui devait me guider. J'allais toujours par des temps couverts, sous le ciel et les arbres vivement agités sous les souffles, j'allais avec de profondes délices poursuivre et goûter mon rêve[e]. Le ciel gris rempli de gros nuages sombres, les grands arbres robustes aux larges rameaux troublés par de fortes brises

---

[a] [soudain *biffé*] tressaillir

[b] [Les révélations *biffé*]

[c] [part son cours *biffé*]

[d] [ : j'eus *biffé*]

[e] rêve. [Les révélations infinies qui s'exaltaient des moindres souffles comme de fières paroles et de sûres promesses, exprimées par de grands murmures *biffé*]

m'attiraient et me charmaient particulièrement. J'allais sous leur ombre épaisse, tantôt courant de toutes mes forces comme charmé par[a] [f°8] ces balancements qui m'entouraient et[b] me portaient comme des flots invisibles, tantôt recueilli, pensif et silencieux, les yeux fixés à terre et l'oreille captive sous l'arrêt souverain de ces mystérieux murmures.

La dominance des sentiments qui m'animaient alors était d'une plénitude indicible, et comme de vagues promesses de bonheur ou d'amour, dans le souffle de ces mystérieuses haleines apparaissaient pour moi comme des têtes chères et de doux visages qui me seraient un jour connus. Je les vois encore aujourd'hui quoiqu'à demi effacés dans une pénombre perdue. Je vois des visages de femmes pâles entourées de cheveux noirs; tout un cortège de grâce et de douceur [sic] me ravir et m'émouvoir comme des philtres invisibles, me parler, me séduire et me pénétrer d'attendrissement.

Depuis j'ai retrouvé trois fois dans les femmes que j'ai aimées je ne sais quel souvenir de ces visions charmantes. Comme un rêve qui se réalise, je les revois comme des amis perdus depuis longtemps que l'on revoit encore et à tout jamais reconnus.

[f°9] J'étais alors à mes premiers jours et dans les prémices de ma vie. La nature seule me soutenait.

Quand j'écoutais alors souffler le vent sous les vieux murs de la maison de ma mère, j'aimais à me laisser bercer par son bruit triste et doux. Ces longs gémissements, ces plaintes surhumaines, ces chants vastes et soudains fixaient mon âme à la nature et la portait longtemps dans un monde enchanteur. Dans mon faible abandon et ma tristesse, ces souffles et ces rumeurs et le rythme souverain de ces pleurs de l'éternité pleuvaient sur mes jours et mes heures comme la présence d'un ami. Soudain je me dévoilais la face, et dans les larmes je me voyais porté sur l'aile de la poésie.

---

[a] [*Le texte est suivi de ces mots ajoutés par Mellerio*] Au verso, 25 rue du Vieux Colombier / Place de la Croix rouge / Morin / Boucher

[b] [comme *biffé*]

Mon front, pâli d'amour, me semblait embelli par l'espérance, je voyais en esprit sur la route ces lointains souriants qu'un chaud soleil éclaire ; et ma joie, et ma vie, et tout de moi[a] [*f*°10] m'y emportait. Que d'heures, que d'instants je passais ainsi dans les aspirations d'une vie plus heureuse faite d'amour et de charme, vivant[b] ainsi aux jours prochains dans l'avenir.

Hélas ! L'heure est venue, je vous l'ai dit. J'ai vu passer sur de verts chemins de douces et frêles jeunes filles ; elles allaient en se donnant la main, elles jetaient dans les airs l'accent pur et serein de leurs chansons joyeuses. Mais le sort m'accablait et pas une ne m'a donné son sourire.

J'aime[c] et je veux chanter. J'aime en mes vingt ans, vingt fois l'astre qui nous porte a tourné l'axe du foyer tutélaire, j'aime et mon cœur s'est penché vers une enfant[d] dont le type est chez nous ; elle est vive.

[*f*°11] J'ai aimé, j'ai souffert, j'ai donné ma force et ma vie. J'ai abîmé mon âme en un amour profond suprême, immense ; mais la Beauté, mais l'Idéal ne m'ont parlé que par vous-même, fille du peuple, fille des champs.

J'ai souffert, j'ai aimé ; je me suis consumé d'amertume, mais mon cœur est resté pur à vos côtés.

---

[a] [*Mots ajoutés par Mellerio*] au verso [Dans l'univers aussi, je le contemple, le grand Être si sûr, présent et mystérieux, dont les secrets m'affligent. Je le vois dans la nature entière, en ce jour si plein, si pur, le premier du Printemps. Vers lui mon cœur s'élève ; et plus haut, et plus loin, au fond du firmament, mes yeux se perdent et s'y fixent. / Je me sens fier et fort dans ma vision consciente. Les choses de la vie s'épanouissent sans cesse autour de ma personne inquiète, affermissent en ce jour toute ma volonté. Je me sens homme enfin, homme en sa plénitude ; en moi jusqu'à l'excès, à son comble, la vie s'accroît, elle palpite. Sensible à tout, tout vit, tout parle, et le verbe jamais ne s'exposa si clair, si haut à mes yeux étonnés *biffé*]

[b] [planant *biffé*]

[c] [Mais j'ai vingt ans *biffé*]

[d] [fille de *biffé*]

J'ai enfin connu de bien tristes heures ; elles venaient, elles passaient ; mon âme toute à vous, si constante et si vive, allait à vos douleurs, elle les partageait. Je voyais alors en esprit les maux profonds qui vous accablent.

J'ai enfin vécu pour vous seule, en vous-même, jusqu'à l'épuisement de ma volonté.

[ƒ°12] Souffre, souffre éternellement, dans le fond de tes songes, ô poète, souffre ainsi jusqu'au but, à la fin, jusqu'à l'épuisement de ta vie. Souffre sans cesse, subis enfin jusqu'à la mort les vouloirs de ta destinée.

Que de choses, que de mal dans ce triste séjour qui s'évanouit si vite, dans les douleurs du mal d'infini.

Aux heures de tes tourments suprêmes, en l'abîme de ta fin, qui verra de tes yeux tomber des larmes solitaires, ce n'est pas un ami ; nul ne voit tes tristesses.

Sors au[a] plein air, va aux champs fouler l'herbe fleurie. Il y a dans le fond du bois, au plus épais de l'ombre, la présence éternelle de tes amis fidèles. Il y a la Foi, la Vérité, l'Amour et le Silence. Il y a aussi, dans un repos pur et chaste, le ressaisissement de ta force céleste, la pensée vraie, la Conscience, le tact plus sûr de ta loi et de ta fin.

Ô Solitude, bienfait inéluctable, ô mânes généreuses pour le cœur épuisé[b].

[ƒ°13] Aux jours graves de fin d'hiver, la nature en arrêt est immobile. En ce repos intermédiaire, souffle de mort et prémice de vie, les heures ont une solennelle grandeur. Le silence, un suprême abandon, prélude au doux réveil qui se prépare. Le Printemps va venir. Mais ces jours sont mornes encore, ces espaces muets et l'au-delà voilé.

Ami, mon âme au seuil de l'Infini qui s'ouvre, tremble et s'apprête à paraître devant l'Éternel.

---

[a] [*Mots ajoutés par Mellerio*] ou ; en

[b] [*Mots ajoutés par Mellerio*] au verso [La sève coule à pleins bords de ton sein puissant. Va, poète recherche-toi, tu n'as que toi sans cesse avec elle *biffé*]

[*f*°14]<sup>a</sup> Tombez, tombez sur moi, jours tristes et languissants de ma vie malheureuse et inquiète. Le temps n'est point venu ; le mal me ronge, et la fin faible et morne, sans ami, sans soutien, commence de me glacer. Le temps d'amour n'est point venu et l'hiver se prépare, et des jours encore plus mornes seront ceux de demain. Et le cœur plein d'amour et rempli d'espérance, il me faudra monter sur le flanc de ces monts superbes, géants robustes, visant à l'infini de la vie des siècles, on est si seul, et l'âme si peu de choses.

Ô poésie, ô Mère, source de force et souveraine, versez, versez sur moi, vos flots d'amour, de bonheur et de foi. [*f*°15]<sup>b</sup>

[*f*°16]<sup>c</sup> Ainsi mon âme, au seuil de l'Infini, tremble et s'apprête à paraître devant l'Éternel.

Pauvres si chers, demeurez dans la [*mot illisible*<sup>d</sup>] gloire, restez avec le sourire et la grâce dans la joie pure de votre suprême harmonie. Elles sont à vous les heures heureuses, elles sont à vous paisibles et incontestées, parce qu'elles suivent l'effort bienfaisant. À vous le sacrifice, votre condition est la vraie noblesse et quiconque accueille, par le sourire, les touchantes humiliations de cet abandon, ne mérite pas de posséder le charme sacré dont vous êtes les possesseurs méritants et légitimes.

[*f*°17] Une<sup>e</sup> angoisse trouble<sup>f</sup> ma vie. Le temps ne s'écoule pas dans la joie et nulle activité ne m'illusionne. Rien ne m'attache au monde, ni le désir, ni la prière, ni l'espoir, ni la volonté. Un mal inexplicable me consume et m'abîme ; je souffre et rien de vous, rien d'ici-bas ne saurait animer mon courage, donner le souffle à

---

<sup>a</sup> [*Mots ajoutés par Mellerio*] Le recto est resté blanc / Au verso

<sup>b</sup> [*Mots ajoutés par Mellerio*] Un feuillet resté blanc recto et verso

<sup>c</sup> [*Mots ajoutés par Mellerio*] Au bas du recto

<sup>d</sup> [*Mots ajoutés par Mellerio*] mot douteux

<sup>e</sup> [et je reste seul [avec *biffé*] dans les sanglots : je souffre. Je souffre et je le sais *biffé*] Une

<sup>f</sup> [emplit *biffé*]

mes passions, à mes loisirs[a]. Ô tristesse, ô ma compagne, grâce infinie, ardeur hautaine et aristocratique, toi seule, en moi, soutiens encore mon courage ; il est noble ton mal quand il est sans colère et docile[b].

Les tristes, les doux, les humbles, [f°18] n'ont de dehors intelligible que pour quelques rares qu'a touchés la délicatesse infinie et qui leur sont de parenté innée. À quoi[c] rêvent les pauvres ? Le passé n'est point leur douceur ni leur baume. Ont-ils pour l'avenir moins d'amertume et de haine et plus d'espérance, ils sont les vrais bons et les sages, et leurs larmes sont déjà taries[d].

Pauvres aimés c'est pour vous que je parlerai.

[f°19] Un voile cache à mes yeux les premiers instants de ma vie. Si je m'éloigne, si je m'écoute, si je regarde en moi jusqu'à cette première heure où je naquis à la conscience des choses, en un isolement meme, je me vois triste et faible en un isolement extrême ; je me vois triste, silencieusement triste, écoutant en mon cœur les premiers battements de ma vie. Et dans cet abattement précoce, autour de mon berceau, aucun visage n'a de[e] sourire, m'écoutant alors loin du cœur[f] des bois et de leur ombre, je me sens tressaillir aux souffles de la nuit ; les ombres vivantes et mystérieuses président avec amour au premier élan de la vie. J'errais seul, j'allais au sein des nuits profondes écouter en moi-même le conseil de la foi. J'y ressentais comme un redoublement

---

[a] [désirs *biffé*]

[b] docile. [Mes jours, les jours cependant sont moins sombres et paisibles quand au cours du chemin, que je mouille de pleurs, seul et sans espérance, je trouve un frère, un autre à qui parler. *biffé*]

[c] [*Mots ajoutés par Mellerio*] ou : De quoi ?

[d] [*Mots ajoutés par Mellerio*] Tout au bas de la page

[e] [pour moi *biffé*] de

[f] [jour où l'ombre *biffé*]

de ma force ; et désormais, seul avec moi-même, je ne recherche plus que leur mystère[a].

Le ciel gris, rempli de gros nuages sombres, de grands arbres robustes, aux larges rameaux troublés par de fortes brises, m'attiraient et me charmaient particulièrement. J'allais sous leurs ombres épaisses, tantôt courant de toutes mes forces, comme fasciné[b] par ces balancements, qui m'attiraient et me portaient ainsi que des flots[c] invisibles, tantôt recueilli, pensif et silencieux, les yeux fixés à terre et l'oreille captive, sous l'arrêt souverain de ces vastes[d] murmures.

[*f*°20] La nature seule me soutenait. Quand j'écoutais souffler le vent à travers les vieux murs de la maison de ma mère, j'aimais à me laisser bercer par ce bruit[e] triste et doux. Ces longs gémissements, ces plaintes surhumaines, ces chants vastes et soudains fixaient mon âme à la nature et la portaient longtemps dans un monde enchanteur. Dans mon faible abandon et ma tristesse, ces souffles et les rumeurs et le rythme souverain de ces pleurs de l'éternité planaient sur mes jours et mes heures, comme la présence d'un ami. Soudain, me dévoilant la face et dans les larmes, je me voyais porté sur l'aile d'or de la Poésie. Mon front pâle d'amour me semblait éclater sous l'espérance, je voyais en esprit sur ma route ces lointains souriants qu'un beau[f] soleil éclaire, et ma joie, et ma vie, et tout en moi, m'y portait. [*f*°21]

---

[a] [*Mots ajoutés par Mellerio*] Au verso [La nature seule me soutenait. J'allais toujours par les temps couverts, sous le ciel et les arbres vivement agités par de fortes brises et souffles, j'allais avec de profondes délices, poursuivre et goûter mon rêve *biffé* ; Les révélations infinies qui s'exhalaient des moindres souffles, comme de chères promesses exprimées par ces grands murmures *biffé*]

[b] [charmé *biffé*]

[c] [comme le f *biffé*]

[d] [mystérieux *biffé* ; grands *biffé*]

[e] [chant *biffé*]

[f] [chaud *biffé*]

Il rêve

Au dehors, mêmes délices. C'était par les temps couverts que je goûtais mon rêve. Le ciel gris, rempli de gros nuages sombres; ces grands arbres robustes aux larges rameaux et troubles par de fortes brises me charmaient particulièrement. J'allais sous leurs ombre épaisse, tantôt courant de toutes mes forces, comme fasciné par ces balancements, qui m'attiraient et me portaient comme des flots invisibles, tantôt recueilli, pensif et silencieux, les yeux fixés à terre et l'oreille captive, sous l'arrêt souverain de ces vastes murmures.

La dominance des sentiments qui m'animaient alors était une plénitude indicible et comme de vagues promesses de bonheur ou d'amour. Sous le souffle[a] de ces mystérieuses haleines apparaissaient pour moi des têtes chères, de doux visages, de blancs cortèges de vierges qui me seraient connues.

[f°22] Quoiqu'à demi-effacés[b] d'une ombre lointaine, je les vois encore aujourd'hui. C'étaient des visages de jeunes filles aux cheveux noirs ; tout un cortège de grâce et de douceur me ravir et m'émouvoir comme des philtres invisibles, me parler, me séduire et me pénétrer d'attendrissement.

Depuis ce temps j'ai retrouvé, partout où mon cœur a aimé, le souvenir de ces visions charmantes. Comme un [f°23] rêve qui se réalise, je les ai revues comme des amis perdus que l'on retrouve[c].

---

[a] [charme *biffé*]

[b] [Mon adolescence emplit d'amour [*mots ajoutés par Mellerio* mot illisible] bientôt mon âme de vagues aspirations. J'eus bientôt la vision de l'Idéal qui devait me montrer la Voie. La dominance des sentiments qui m'animaient alors était une domination de la plénitude indicible, et d'abord comme de vagues promesses de bonheur et d'amour dans le souffle de ces mystérieuses haleines apparaissaient pour moi des têtes chères, de doux visages, des têtes chères, des vierges, qui me seraient un jour connues, le blanc cortège de vierges qui me seraient connues. *biffé*] Quoiqu'à demi-effacés

[c] retrouve. [La nature n'était pas moins vive à m'exalter *biffé*]

# Le Cri[a]

[*f°*1]

Le cortège passait lentement au sein de la foule attendrie. Le peuple était bien triste, il vivait en ce drame ; il regardait toujours, les yeux remplis de pleurs, ce noir cercueil en[b] son mystère. Les sanglots seuls, en ce monde accablé, parlaient d'ordre, d'amour et de bienheureuse espérance.

Lorsqu'au seuil même du temple, temple des morts et des solennités, mon pauvre chien, dont on avait meurtri la patte, hurlait[c], criait, jetait dans l'air calme le désordre irrévencieux de ses plaintes.

Grande harmonie troublée, soudain rappel à la réalité de la vie manquée, à la bête, à la brute, au néant.

## X

Et cependant, pauvre bête, douce et confiante bête, que ton cri est humain, doulou[d][*f°*2]reux et suprême aussi ! Pauvre et constant ami, mon seul ami fidèle, ô mon bon chien, comme tes yeux aussi me regardent pleins d'effroi, de douleur et d'amour. Tu es muet, tu

---

[a] [*Le titre est précédé des ces mots suivants, ajoutés par Mellerio*] Sous une couverture faite d'une feuille de papier blanc pliée en deux. / À l'encre violette : ce titre:

[b] [*et biffé*]

[c] [*Mots ajoutés par Mellerio*] ou : hurlant

[dd] [*Mots ajoutés par Mellerio*] Au verso [ — Qu'est-ce que prier, papa ? / — Mon enfant, c'est parler au bon Dieu, pour qu'il nous donne ce que l'on désire. / — Je veux prier le bon Dieu, moi, dit l'enfant. / — Que lui demanderas-tu mon enfant ? / — Papa, je vais demander de la sortir de là, cette morte ; et puis aussi de la faire vivre. / Mais le cortège lentement passait au sein de la foule attendrie. Le peuple était bien triste, il vivait en ce drame ; il regardait toujours, les yeux remplis de pleurs, ce noir cercueil en son mystère. / Les sanglots seuls, en ce monde accablé, parlaient d'ordre, d'amour, et de bienheureuse espérance. *biffé*]

parles. L'amour est dans tes yeux, sans art, sans nulle pompe ; tout dit en toi que tu souffres aussi, sans apprêt, sans convention, sans mesure. Qui me parlera de ton mystère ? Qui m'aimera autant comme toi ?

Le cortège lentement passait au sein de la foule attendrie. Le peuple était bien triste, il vivait en ce drame ; il regardait toujours, les yeux remplis de pleurs, ce noir cercueil et son mystère[a].

Les sanglots seuls, en ce monde accablé, parlaient d'ordre, d'amour et de bienheureuse espérance.

Décembre 1870[b]

## [f°3] Le Cri[c]

Et le cortège passait lentement au sein de la foule attendrie. Le peuple était bien triste ; il vivait en ce drame ; il regardait toujours, et les yeux remplis de pleurs, ce noir cercueil en son mystère.

Les sanglots seuls, par[d] ce monde accablé, parlaient d'ordre, d'amour et de bienheureuse espérance.

---

[a] [Les sanglots seu *biffé*]

[b] [*Mots ajoutés par Mellerio*] Au verso. [Un cortège passait lentement au sein de la foule attendrie. Le peuple était si triste ; il vivait en ce drame ; il regardait toujours, les yeux remplis de pleurs, ce noir cercueil en son mystère. Les sanglots seuls, par ce monde accablé, parlaient d'ordre, d'amour et de bienheureuse espérance. / Lorsqu'au seuil même du temple, temple de morts et de solennités, un enfant plus inquiet, demanda à son père : / — Qui passe ? / — Mon fils, c'est une femme morte. / — Mon père, qu'est-ce qu'une morte, mon père ? / — Une morte, mon enfant, est une personne comme nous que Dieu nous enlève. / — Et pourquoi, mon père ? Le bon Dieu n'est pas bien gentil de la mettre ainsi dans une boîte noire. Où va-t-on ? Où la porte-t-on ? / — Mon enfant, on la porte à l'église, pour prier. *biffé*]

[c] [Le titre est précédé des mots suivants de Mellerio] Au crayon. [Le texte est suivi de ces mots, également de Mellerio] Les 2 premiers mots à l'encre violette, puis le texte à l'encre noire.

[d] [en *biffé*]

## X

Lorsqu'au seuil même du temple, temple des morts et des solennités, un[a] pauvre chien, dont on avait meurtri la patte, hurlait, criait, jetait dans l'air calme et sonore le désordre irréverencieux de ses âpres plaintes.

— Grande harmonie troublée, rappel soudain à la réalité de la vie manquée, à la bête, à la brute, au néant.

## [ƒ°4] X

Et cependant, pauvre bête, douce et confiante bête, que ton cri est humain, douloureux et extrême ! Pauvre et constant ami, mon seul ami fidèle, ô bon[b] chien, comme tes yeux ainsi me regardent remplis[c] d'effroi, de douleurs et d'inquiétude[d]. Tu es muet, tu parles ; l'amour est dans tes yeux, sans art, sans apprêt. Tout dit que tu souffres ainsi[e], sans nulle pompe, sans convention et sans mesure. Qui me dira ton mystère ? Qui m'aimera autant que toi ?

Le cortège passait lentement au sein de la foule attendrie. Le peuple était si triste, il vivait en ce drame ;  il regardait toujours, chacun les yeux en pleurs[f], ce noir cercueil en son mystère. Les sanglots seuls, par[g] ce monde accablé, parlaient d'ordre, d'amour et de bienheureuse espérance.

Novembre 1870

───────────────────────

[a] [mon *biffé*]

[b] [mon *biffé*]

[c] [pleins *biffé*]

[d] [de tristesse *biffé*]

[e] [aussi *biffé*]

[f] [les yeux remplis de pleurs *biffé*]

# Perversité[a]

On ne voit partout que des gens qui font semblant de vivre. Nul ne peut parvenir s'il n'a pour but les activités inférieures de l'intrigue, la science du monde, science obscure et perfide, qui ne va pas de pair avec la foule honnête.

Agir ras et en biais, comme les crabes ; ne jamais dire la parole vraie ; prononcer celle qui nous profite ; exciter les passions pour les exploiter ; en un seul mot, *faire son affaire*, maxime heureuse et perverse qui découvre nos instincts et rien de notre grandeur.

On croirait que la notion que nous avons du bien nous éloigne de notre origine. Il n'en est rien. Toute justice est à naître[b] et n'est[c] pas mise au jour.

J'en excepte les sages, les penseurs, les poètes, et tous ceux qui s'en vont rêveurs et dupes, dont le mobile est l'*idée* des actes. Un martyre. Hors d'eux, que de bêtises. Regardez.

*[d]

---

[a] [*Le texte est précédé des mots suivants, ajoutés par Mellerio*] Sur un feuillet isolé / Au crayon [*Le texte est suivi des mots suivants, ajoutés par Mellerio*] Puis à l'encre

[b] [produire *biffé*]

[c] [l'homme, il semble *biffé*] n'est

[d] [*Mots ajoutés par Mellerio*] Ici se termine l'ensemble compris sous la rubrique *De Soi-même* et composé de morceaux différents. / Suivent deux contes séparés sous une couverture de papier écolier blanc plié, au recto de la couverture

# Le Fakir[a]

[ƒ° 1]

Dans la partie occidentale de l'Europe que limitent les mers de l'Atlantique, en un pays aimé, visité et bien connu au loin par les mœurs de ses habitants, qui sont des mœurs polies[b], et parfaites, un malheureux vivait, un homme triste et pauvre dont le malaise était méconnu ; actes et choses, paroles et discours, travaux[c], dehors et caractère, tout en lui n'éveillait chez les autres que l'indifférence ou le sourire. Il vivait seul. Quoiqu'il allât souvent dans ce qu'on appelle le monde, surtout après les longues retraites qu'il passait au fond des bois, au bord des mers, il était solitaire ; il passait soucieux et tranquille au milieu de la foule qu'il aimait cependant beaucoup, et y passait comme un être suspect ou bizarre, dont on ne sait rien, ni le passé, ni l'avenir, ni le présent même, si ce n'est l'abandon, le silence et surtout le mutisme constant[d] et obstiné[e].

Qu'est-il donc, se demandaient toujours ceux dont il arrêtait une fois la vue ? On l'ignorait. Ceux qui l'avaient vu vivre de près ne le connaissaient pas encore et de lui ne disaient rien. Amis ou proches, mieux informés que les autres, ne se prononçaient pas davantage ; et quand, au contraire, on les questionnait sur ce que faisait et pensait cette personne étrange, ils faisaient un mouvement d'épaule, ils restaient plus silencieux que lui.

[ƒ°2] Qu'est-il donc, se demandaient toujours ceux dont il arrêtait[f] une fois la vue ? On l'ignorait. Les êtres qui l'avaient vu vivre ne le connaissaient pas encore et de[g] lui ne disaient rien. Amis et proches, mieux informés que les autres peut-être, ne se

---

[a] Histoire [propos *biffé*] incompréhensible

[b] polies, [sociables *biffé*]

[c] [tout en lui n'éveillait chez les autres que l'indifférence ou le sourire. Il vivait seul *biffé*]

[d] [si *biffé*] constant

[e] [si *biffé*] obstiné

[f] [touchait *biffé*]

[g] [sur *biffé*]

91

prononçaient pas davantage ; et quand on les questionnait sur ce que faisait le mobile de cette personne étrange, ils faisaient un mouvement d'épaule, ils restaient plus silencieux que lui.

Cet écart et la retenue qu'il gardait, et aussi l'invincible[a] immobilité de sa personne hors de bande, lui avaient fait une situation exceptionnellement seule au milieu de tous.

Et puis, n'y a-t-il pas aussi quelque gêne et douleur à vivre à côté d'un homme incompréhensible ? D'un homme qui ne dit rien, ne fait rien, et qui reste dans l[b]'inconnu, comme un[c] mystère. Les gens du monde, eux, se connaissent mutuellement si bien ! Dès une approche, un seul regard est comme un trait qui les unit à jamais et les voue, les uns envers les autres, à des obligations sans réserves : appui moral, secours d'argent, confiance, amour [f°3] et généreuses visées, tout cela n'est-il pas toujours chez l'homme qui sait vivre ? En celui qui sait être sociable et n'oublie jamais le salut, la visite, les souhaits et les mille obligations dévorantes et ridicules qui prouvent, dit-on, à tous ceux qui ne sont pas du monde et qui en souffrent, que ces gens ont en eux ces[d] sources intarissables du bonheur de tous : bonté, justice, amour des autres, et non de soi.

Et cependant, dans ce pays fortuné et civilisé par excellence, on avait une intelligence[e] très vive de toutes choses ; le but suprême des esprits d'élite était de désigner les choses par leurs véritables noms ; et même l'abstraction, même le vague, beauté, art, poésie, tôt ou tard étaient définis, classés, mis à son jour nettement, précisément, sans que la confusion fût possible dans cette societé dont la langue était si claire, si claire, que l'on y parlait français[1].

---

[a] [l'opiniâtre *biffé*]

[b] [un *biffé*]

[c] [le *biffé*]

[d] [des *biffé*]

[e] [la vue *biffé*]

## Le Fakir

Quand un beau jour, jour fortuné peut-être, [f°4] il arrêta sur lui les regards d'un observateur perspicace[a] qui le considéra longtemps avec cette fixité volontaire[b] qui[c] révèle le travail de l'abstraction, l'on[d] vit le philosophe suspendu sur les causes se frapper le front vivement et s'écrier : il rêve. Et poursuivant jusque dans ses dernières régions le travail de ses recherches déductives, puisqu'il rêve, c'est un Fakir.

Un Fakir, quoi de plus doux, de plus inoffensif et de plus aimable ? On sait qu'aux Indes[e], il est des religieux voués à la mendicité et à la vie contemplative qui passent leurs jours nomades dans le culte d'un rêve. Carrière pleine d'amour, pleine de beaux songes, de poésie, qui les mène à la mort, l'âme légère, l'âme[f] vive et haute[g] et si spiritualisée qu'on ne distingue plus leur vie présente de la mort même. Ils traversent[h] la foule[i] comme des somnambules, les yeux fixés sur l'incompréhensible, sur les scènes divines du mystère, dans les caprices et les merveilles du nuage.

D'autres, plus humains, ont aussi les yeux tournés[j] vers la terre : un poète sait chez eux qu'il faut avoir les qualités propres au chien pour être un pur fakir, [f°5] Un divin ascète, telles que :

> avoir toujours faim,
> n'avoir pas de logis assuré,
> ne dormir point la nuit,
> ne point maltraiter son maître, quand même il en serait frappé,

---

[a] [qui parlait français *biffé*]

[b] [persistante *biffé*]

[c] [*Mots ajoutés par Mellerio*] ou ; que ?

[d] [l'ont *biffé*]

[e] [que dans l'Inde, et dans l'Orient *biffé*]

[f] [et si *biffé*] l'âme

[g] [si *biffé*] haute

[h] [pass *biffé*]

[i] [banlieue en *biffé*]

[j] [plus *biffé*] tournés

se contenter du plus bas lieu,
céder sa place à qui la veut,
retourner à celui qui l'a battu,
se tenir éloigné de ceux qui mangent,
ne pas quitter le lieu où est son maître,
etc.

Il en est encore qui vivent isolés, couchent sur la dure, vont tout nus, et prennent[a] à l'occasion, vie et bourse à autrui. Mais les vrais fakirs honorables et honorés sont ceux qui se livrent dans la mosquée à l'étude du Coran, et à la prière : les pieux[b] fanatiques se mortifient par ces pratiques extravagantes[c] :

rester debout plusieurs années sans s'asseoir,
ne se point coucher,
tenir jusqu'à la mort les bras élevés en l'air,
[*f°*6] demeurer exposé nuit et jour à la chaleur et au froid,
aux piqures des insectes,
s'enterrer dans des fossés pour plusieurs jours,
se mettre du feu sur la tête, et laisser brûler la peau et la chair jusqu'à l'os,
se condamner au silence durant des années,
fermer les mains jusqu'à ce que les ongles pénètrent dans la chair,
se tailler le corps avec des instruments tranchants,
etc., etc.

Celui dont nous parlons ici n'était pas de cette secte aux règles inexorables. Sa présence dans un pays civilisé avait modifié, dans une grande mesure, la nature de sa morale et par conséquent, de ses pratiques religieuses. Il[d] n'était après tout qu'un fakir dégénéré, un

---

[a] [qui *biffé*] prennent
[b] [et les plus *biffé*]
[c] [qui pourraient paraître *biffé*]
[d] [Ce *biffé*]

fakir de décadence, il[a] n'avait gardé de son origine première que ce qui s'accordait avec les exigences de la vie moderne du[b] monde qui l'entourait et qui malgré tout pesait sur lui. Il ne s'abandonnait plus à ces pratiques sanglantes et dures qui sont encore en faveur en Orient ; il vivait, lui, [f°7] comme on vit en France, et la grandeur[c] de son dogme consistait dans ses divines songeries[d]. Il s'inclinait devant cette révélation avec une humilité et une soumission digne des siècles de foi[e] ; il ne se confiait ainsi en lui-même que pour poursuivre[f] avec son Dieu d'autres liens plus directs et plus suivis.

Comment avait-on tardé si longtemps à comprendre cette nature de fakir essentiellement religieuse dont tous les dehors disaient si nettement et si vite les origines, les goûts, le caractère ? C'est là ce qu'on ignore. Les choses les plus simples ne sont-elles pas toujours celles que l'on découvre les dernières.

## Le Miroir
### II

Dès qu'il connut son titre et le rôle qu'il devait enfin jouer parmi les hommes où les hasards de sa naissance l'avaient fait vivre, le fakir, toujours sincère se mit à s'examiner. Pour cela, il se mit nu.

Il se vit exactement conformé comme les autres hommes ; il avait, en effet, deux yeux pour voir, pour voir clair sans doute, autant qu'Allah le lui permettait. Il avait aussi deux oreilles pour entendre — une [f°8] du côté droit, l'autre du côté gauche ; et

---

[a] [car *biffé*] il
[b] [et *biffé*] du
[c] [le fond *biffé*]
[d] [rêves *biffé*]
[e] [la *biffé*]
[f] [entretenir *biffé*]

entendre, n'était-ce pas encore bénir le divin maître qui l'avait mis sur la terre ? Entendre au dehors les bruits de la foudre quand elle s'abat si puissante et si mystérieuse sur la plaine, sur la campagne ; entendre ce bruit triste du vent et de la tempête ; entendre aussi ce[a] bruit de la voix humaine, lorsque dans son loisir, l'homme cherche sa cause, son énigme, son but, sa fin, entendre en un mot sa prière. Et il se mit à méditer sur ces deux sens, les plus purs, sans nul doute que Dieu nous ait donnés.

J'ai là deux yeux pour voir, et pour bien voir ; et dans l'univers qui se déroule en ma présence, je ne vois rien. Je regarde souvent là-haut durant le cours de mes veilles, au fond du firmament, dans le désir que j'ai de voir au-delà de cette voûte sublime qui m'éclaire, et je reste vaincu par l'impénétrable secret qui m'afflige.

La vue est cependant le plus pur, le plus éthéré de nos sens. Par lui la Nature me dévoile encore plus sa magnificence que si je l'écoutais. Le plus grand intérêt réel est encore sur la terre, en l'homme lui-même, en son essence bizarre, divine et mortelle, qui nous découvre de vrais gouffres à mesure que nous la regardons.

[*f°*9] La jeunesse est encore plus belle que cette science de l'homme n'est sûre ; elle s'élève au moins par l'amour et l'illusion de ses premières années sur les ailes de la poésie et de l'Idéal, sans questionner jamais le sphinx éternel dont le silence nous torture.

Et le Fakir s'examinait toujours.

## III

J'ai d'autres sens qui m'aident dans ma vie ; et pour combattre un moment les éléments qui m'entourent et dont je ne triomphe que pour abandonner bientôt à[b] la mort la liberté passive qu'on m'a donnée.

---

[a] [et surtout *biffé*] ce
[b] [dans *biffé*]

J'ai là au milieu du visage une proéminence singulière, qui sert à flairer. Par ce nez investigateur et vigilant qui me précède et m'annonce au milieu des hommes, je pénètre le sens le plus vrai de leurs paroles et puis les comparer avec leurs intentions. Car s'il est des parfums suaves et embaumés qui réveillent en mon esprit mille retours de ma patrie, si ce sens si fier et si délié chez nous Orientaux, qui sommes les initiés de ces voluptés douces[a] dont la durée n'a rien à envier aux autres voluptés si courtes et quelquefois amères, il nous assure aussi [f° 10] la possibilité de voir au plus profond de la conscience humaine, comme si le corps était de cristal. Plus perçant quelquefois que la vue, il peut tout voir, tout comprendre, tout approfondir et tout analyser.

Soyez béni, divin Allah ! N'y a-t-il[b] [f° 11] pas au fond de votre œuvre perpétuellement originale et nouvelle une prudence, une prévoyance qui est infinie ? Je pourrais, sans souci, perdre la vue ; il me resterait encore pour y voir clair, très clair, plus clair peut-être que par ce clair organe, et me conduire au milieu de la foule innombrable des hommes, comme un pur fakir nosologue, car vous n'ignorez pas, lecteur, que l'étude des parfums, tenue en si haute estime dans la mosquée, a été désormais élevée si haut, que les sociétés des hommes graves l'ont mise au rang austère de la science, de la science profonde de la nosologie, de la nosologie sévère, suprême, et impeccable qui est la science des nez.

Dans cette synthèse, qui est une des plus[c] fécondes, on parcourt en tout sens le cœur humain et son gouffre[d]. Par elle, on peut[e] écrire et mettre au jour l'histoire contemporaine et tous ses mystères ; par elle il n'est pas le plus petit coin de la conscience des hommes qui échappe à son analyse investigatrice ; par elle

---

[a] douces [et suaves *biffé*]

[b] [*Mots ajoutés par Mellerio*] Le reste de la page est demeuré en blanc

[c] [*synthèses biffé*] plus

[d] [l'âme humaine *biffé*]

[e] [pourrait *biffé*]

enfin, comme dans ce miroir qui me reflète, on voit[a] au grand jour et à découvert les perspectives lointaines[b] et insondables qui sont à la conscience[c] comme ces brumes vagues et confuses[d] qui voilent à[e] jamais[f] tristes et lointaines [*sic*].

[*f*° 12] IV
La Bouche

Et le Fakir s'examinait toujours sans cesse. Plus il s'approfondissait, plus il scrutait son être dans ce qu'il avait de plus intime et de plus secret, et plus encore il se perdait en conjectures, et en recherches infructueuses.

J'ai là aussi un organe bizarre par lequel j'absorbe les aliments qui me font vivre. Au dire des plus savants interrogateurs de la vie, cet organe impérieux, qui réclame pâture sans cesse, est le plus essentiel de ma personne. Cesser de manger serait cesser de vivre, aussi vrai que cesser de vivre serait cesser de manger. J'ai bien des fois voulu moi-même, par pur esprit de liberté, résister aux sommations d'un appétit impérieux et vorace qui se répercute à heure fixe, comme les accès d'une fièvre intermittente ; j'ai vainement cherché le secret de ce besoin constant par lequel l'animal me ressemble, — ou réciproquement, je l'ignore — sans jamais pouvoir triompher de ces appels[g] quotidiens dont je me déclare être l'esclave.

---

[a] [verrait *biffé*]

[b] [jusqu'ici perdues *biffé*]

[c] conscience [humaine la *biffé*]

[d] [diffuses *biffé*]

[e] [quelquefois des paysages *biffé*]

[f] jamais [de terribles tableaux *biffé*]

[g] [ce besoin *biffé*]

[*f*°13] En parcourant le pays au temps de mes prières, j'ai vu[a] des provinces entières où la bouche est tenue[b] en grand honneur. C'est pour elle qu'une partie notable de la population, et particulièrement les femmes, sont occupées tout le jour à lui préparer des aliments. Bon nombre d'hommes aussi ne dédaignent pas de sacrifier sur l'autel de la gastronomie, notamment dans la région méridionale[c], où ce sens règne[d] majestueusement avec tous ses ministres menant[e] à sa suite une cour nombreuse de besoins nouveaux qui sont les fils légitimes[f] de cette reine. Dame épice en est la Dame d'honneur. Elle a fait venir de très loin son cortège. Des quatre coins du monde, aujourd'hui, l'homme[g] le plus sobre et le plus continent[h], tire un ingrédient quelconque dont il a besoin pour l'assaisonnage [*sic*] des aliments que le sol sur lequel il vit lui fournit.

[*f*°14] La bouche[i] a donc fait beaucoup pour le bonheur des hommes. Elle a exploré les mers pour la pêche, elle a poussé jusqu'aux nouveaux continents ; elle a étendu partout son empire ; et l'a trouvé si favorable, si unanime à favoriser l'éternelle durée de son règne, que désormais assise par droit divin sur toute la terre, elle y règne en maîtresse absolue, souveraine, plus fortement, sans doute, que les souverains eux-mêmes, ses sujets. Elle[j] est universelle[k].

---

[a] j'ai vu [souvent *biffé*]

[b] règne *biffé*]

[c] méridionale [du pays *biffé*]

[d] règne [sans aucune par [*sic*] sans aucune crise *biffé*]

[e] [à sa suite traînant *biffé*]

[f] [na *biffé*]

[g] [on peut dire que *biffé*] l'homme

[h] [sage *biffé*]

[i] [Dame bouche *biffé*]

[j] [La langue *biffé* ; Son règne *biffé*]

[k] [universel *biffé*] bruits *biffé*]

Oui, lecteur, la langue est notre mère, notre amie. Ne sert-elle pas aussi à la parole ? Quand le Verbe se fit chair, ne fut-ce pas par elle qu'il bégaya ses vérités premières, ses mystérieux commandements ? Je vous laisse les réflexions sur cette matière, sur la matière.

## [*f*° 15] V
## L'Ouïe

J'ai aussi sur chaque côté de la tête un orifice par lequel les[a] bruits du dehors me parviennent. L'oreille est un organe qui prend des formes diverses suivant la nature et le fond intellectuel de chacun. L'animal en est orné, tout comme moi : vous connaissez très bien celui qui les porte si longues, si longues et qui les dirige en tous sens, tantôt à droite, tantôt à gauche, tantôt devant ou derrière pour humer finement le moindre chant[b] du lointain. L'âne, en un mot, l'âne bonhomme, l'âne tranquille, l'âne têtu, l'âne grotesque, philosophe du divin a des oreilles comme nous[c]. Et c'est[d] l'infériorité mal jugée de sa personne qui en a fait comme on sait le doux symbole de l'ignorance. Ô lecteur, prenez garde à vous ! Ne lisez pas, ne me lisez plus. Guttenberg comprenait-il bien toute la grandeur, toute la portée du mot *ignorer* ? Savait-il bien que la multiplication des lettres contenait tant de contraires ? Je vois dans ce pays de très-doctes personnes penchées sur des livres poudreux. Anxieuses et réfléchies, elles absorbent silencieusement leur substance ; dans le recueillement de leurs demeures règne traditionnellement une parole de mort. Ils s'assemblent entre eux pour tenir des propos inintelligibles aux autres et se détournent

---

[a] [nos *biffé*]

[b] [bruit *biffé*]

[c] [moi *biffé*]

[d] c'est [sur *biffé*]

avec dédain de tous ceux qui n'ont pas fait leurs [*f*°16] lectures ; ils se confinent dans leur érudition bienheureuse. Ah, Guttenberg, il y a toujours une foule innombrable d'humains qui ne savent pas lire ; il y en a d'autres qui lisent toujours, toujours, et parmi eux sont :

le pédant
le scoliaste
le grammairien
l'universitaire
le bibliophile
l'homme de lettres
l'érudit
le collectionneur de gravures
le rhétoricien (liste à continuer)
le légiste
l'avocat général
l'ecclésiastique
les bedeaux et sacristains
les évêques
les archévêques
les diacres
et même les archidiacres

[*f*°17] Je disais que c'est par l'Ouïc que me deviennent sensibles une infinité[a] de sons et de bruits divers, et même la voix d'autrui, la parole, ce lien suprême qui m'unit aux hommes, et les unit, les désunit, suivant les formes nombreuses qu'elle revêt pour se manifester et qui durent pendant des siècles. Nul ne peut toucher à la vie des langues, elles[b] naissent par nous, persistent par nous, grandissent, se développent et vieillissent par nous[c], mais[d] elles meurent à jamais sans que personne puisse les faire revivre.

---

[a] [foule *biffé*]

[b] [qui *biffé*]

[c] [pour mourir à jamais, sans que personne puisse annoncer leurs durées *biffé*]

[d] [et *biffé*]

Elles subsistent alors à l'état de *langues mortes*. Des personnes bizarres incompréhensibles persistent pourtant[a] à s'en servir pour lancer sur le peuple des foudres d'éloquence. Des discours pleins d'une clarté obscure retentissent du haut de certaines chaires pour prêcher la morale et le bien en un[b] langage[c] de dessous terre. Elles ne disent pas : « aimez-vous les uns les autres ». Mais elles disent : [*sic*]

(que de belles maximes sortent de leurs bouches) :

Les premiers seront les derniers.

Le temps est venu d'adorer le Père en Esprit et en Vérité.

*Beati pauperes spiritu.*

[*f°* 18] Il avait aussi deux bras pour agir ; mais il ne comprenait pas pourquoi la nature avait fait le membre droit plus agile que l'autre[d] qui est du côté du cœur. C'était l'héridité, sans doute. Un grand philosophe des contrées ayant découvert que tout individu[e] est le fruit[f] d'une longue suite d'efforts faits pour[g] trouver nourriture à travers et au travers de la durée de l'espèce, il ne s'en étonnait point[h], mais il eût préféré recevoir de ses pères, un instrument de son cœur plus direct, plus sûr : c'était le contraire.

Il[i] paraît que, dans le cerveau, les sources de la parole ne sont point du côté droit. Alors, il méditait sur ce proverbe[j] qui dit : la

---

[a] [cependant *biffé*]

[b] [par un *biffé*]

[c] langage [enseveli *biffé*]

[d] [celui *biffé*]

[e] [l'homme *biffé*]

[f] [résultat *biffé*]

[g] [pour *biffé* ; à travers la durée de son espèce pour trouver son *biffé*]

[h] [il eût voulu *biffé*]

[i] [Mais *biffé*] il

[j] [dit-on *biffé*]

parole a été donnée à l'homme pour déguiser sa pensée, et là aussi[a] le cœur n'a fait point voisinage.

Deux jambes, aussi, lui restaient à[b] se mouvoir horizontalement sur la terre. Impossible sur vertical[c]. Destinée fatale, il rampait comme un ver[d]. Autour de lui, pourtant, des personnes obèses étalaient l'opulence de chairs grasses, en des chars traînés par de nobles chevaux, pauvres bêtes, bêtes soumises, dirigées, et qui portent, le Jour des Rameaux, une palme[e] verte, à leur chevelure. Innocent Jésus. De fêtes originelles[f]. Rien de mieux. Mais dans les chars, que de têtes rubicondes et sanguines[g], [f°19] des visages durs, d'un autre monde, étonnés de voir si près des roues[h], des sourires, des cris joyeux, de gais[i] visages, ou d'entendre les francs propos d'une plèbe innocente.

Le Fakir, lui, marchait, allait, ne comprenant guère, d'ailleurs, que l'on ait ainsi tant d'orgueil à se faire porter par des bêtes. Pourquoi ? Pour aller[j] vite ? Mais non, les hautains possesseurs de ces véhicules n'ont rien à faire. Pour ne point faire agir[k] ces deux jambes vulgaires par ces rues encombrées, et les laisser, avec le temps, devenir la proie d'une inflexible justicière[l], et sans remède ? Peut-être.

---

[a] [encore *biffé*]

[b] [pour *biffé*]

[c] [d'aller verticalement *biffé*]

[d] [vert *biffé*]

[e] [branche *biffé*]

[f] [primordiales *biffé*]

[g] [sanguinolentes *biffé*]

[h] [sous les roues d' *biffé*]

[i] [d'entendre *biffé*] de gais

[j] aller [plus *biffé*]

[k] [fatiguer *biffé*]

[l] [de la goutte *biffé*]

Le Fakir pensait que le seul ennoblissement de tels êtres était de devoir aux coursiers qui les menaient tout le labeur de leur journée. Fiers et bons[a] chevaux, quelles avances faites-vous là ? Vous rendra-t-on l'intérêt de tant d'efforts, de labeur, de désintéressement, de soumission, de service ? Jamais. On vous mangera.

Il y a une société d'hommes qui vous protège[b].

[*f°*20] Une assemblée[c] de gens bien intentionnés, cette fois, a pris l'étendard[d] sérieux du bien, et se déclare *protectrice* des animaux. Enfin, il s'en va tant, pauvre humanité ; il y aura donc, parmi[e] toi, un bon vouloir pour les bêtes[f], une société où toutes les orthodoxies seront éteintes[g], et qui ne s'occupera que de félicités animales[h] oubliées[i].

Le fakir pensait qu'on pourrait bien aussi[j] étendre l'attribution de cette société bienfaisante jusqu'à lui, jusqu'à nous, et doter enfin l'humanité d'une protection semblable, comme pour[k] le bonheur des pauvres meurtris, des éclopés, si possible. Et il entrevoyait[l] dans ses rêves un avenir heureux où[m] les hommes

---

[a] [doux *biffé*]

[b] [protège. [Elle n'obéit point à des dogmes, toutes les orthodoxies sont en [*mot illisible*] pour elle *biffé*]

[c] [Un groupe de gens bien intentionnés, cette fois, a pris le titre *biffé*]

[d] [s'appelle prot *biffé*]

[e] [une science des bêtes *biffé*]

[f] bêtes [cette société dont les statuts sont nouveaux, qui n'aura plus de dogmes *biffé*]

[g] [sont enfouies *biffé*]

[h] [de l'animal que *biffé*]

[i] [de Jésus qui ont été *biffé*] oubliées

[j] [encore *biffé*]

[k] [les bêtes *biffé*] pour

[l] [Il voyait *biffé*]

[m] [il n'aurait plus à tr *biffé*]

laisseraient[a] enfin leurs intérêts d'outre-tombe pour s'occuper un peu plus des réalités présentes, immédiates et fortuites.

## [ƒ°21] La Ville

À l'heure de sa vie qui déroule une part de son histoire, il habitait une ville immense, la première assurément du pays où il[b] se trouvait. Elle était grande par le nombre de ses habitants, par l'importance de son industrie et surtout par l'infatigable activité d'esprit qui soutenait ses habitants. *L'idée*, cette mère invisible de la vie, y était tenue en grand honneur. Elle passait, venait, allait comme une vraie déesse et s'acheminait en ses allures diverses, graves et vives, souvent légères. Mais quelles que fussent les aspects de sa tenue, l'austérité ou la fantaisie de sa mise, toujours le même empressement et la même ferveur l'attendaient. Ville vraiment fortunée qui vénérait[c] ainsi le vrai Dieu, le Dieu de la vie, celui qui nous entraîne sans cesse au-delà vers le mieux, vers le meilleur des choses, à la recherche de l'inconnu.

Cette cité[d] lui plaisait par la liberté qu'il y trouvait partout. Partout, il pouvait y vivre à sa guise, en tous lieux il faisait ce qu'il voulait, les lois du peuple [ƒ°22] donnant[e] à tout citoyen le droit de rêverie ; il pouvait[f] y donner cours libre à ses instincts[g].

Le fakir habitait un quartier solitaire près d'un grand jardin où les enfants, petits et grands, souvent jouaient. La fenêtre de son logis donnait sur un vaste champ sans maison aucune, sorte de

---

[a] laisseraient [leurs âmes *biffé*]

[b] [tous *biffé*] [*Mots ajoutés par Mellerio*] mot douteux

[c] [honorait *biffé*]

[d] [ville *biffé*]

[e] [donnaient *biffé*]

[f] pouvait [donc *biffé*]

[g] [plus profonds *biffé*] instincts

terrain d'attente, sans utilité définie, où l'herbe poussait à côté du pavé triste ; et il aimait à fouler cette herbe savoureuse, ce tapis de luxe vrai dont la douceur lui plaisait.

Qui n'a point senti comme lui le charme subit et pénétrant d'une simple fleur[a] au sein de la ville[b], humaine, lieu d'exil pour tout ami de la vérité[c]. Qui n'a point ce calme[d] suprême que donne[e] le séjour des champs, lorsqu'après un séjour au milieu des hommes, au sein de leur[f] inimitié et de leurs blessures, le loisir nous permet de les oublier au dehors.

Les villes comme celle que ce fakir habitait étaient d'une proportion[g] telle que la nature exilée n'y paraissait plus. C'est à peine si quelques jardins factices créés en son enclos pour le repos et la promenade, donnaient [*f*°23] le change à ceux qui le désirent. De loin en loin, en tous quartiers[h], de grands emplacements étaient ornés[i] de beaux arbres, même des cascades factices y faisaient entendre leurs bruits monotones et réguliers. Le Fakir s'y promenait souvent ; au seuil même de sa demeure, on le voyait toujours seul, sous les ormes, promenant ses désirs et ses songes. Il passait là de longues heures, distrait et confiant, comme s'il vivait dans un autre monde. Les enfants qui regardaient ainsi étaient surpris de ses allures ; ils suspendaient un instant leurs jeux pour l'observer dans leur étonnement, comme si quelque chose d'extraordinaire apparaissait en lui[j].

---

[a] fleur [, d'une branche *biffé*]

[b] ville [éloignée de la campagne *biffé*]

[c] [de la campagne *biffé*]

[d] [senti cette fo *biffé*]

[e] donne [une *biffé*] [*Mots ajoutés par Mellerio*] mot illisible

[f] [près de leur *biffé*]

[g] [dont la proportion *biffé*]

[h] [au loin *biffé*]

[i] [plan *biffé*]

[j] lui [pour eux *biffé*]

# Le Fakir

Il habitait près d'une de ces promenades ; sa fenêtre donnait sur un de ces terrains que les gens de cette ville appellent terrains vagues, vagues comme le Fakir, vagues comme sa vie, vagues comme son désir, ses espérances et son but.

Son intérieur surtout accentuait bien davantage l'originalité de cet esprit bizarre. Dans un espace restreint, de quelques mètres carrés à peine, [f°24] où n'aurait pu tenir deux fois sa couche, il avait arrangé sa vie. Quatre murs vides, cela n'était pas bien gai pour lui ; mais que peuvent être la joie et le bien-être pour un fakir attristé de ses jours, et qui les disciplinait par la pauvreté et la prière ! Cependant, il fallait bien vivre, car les ressources qu'il recevait d'Orient pour qu'il vécût en paix, de ses loisirs[a] et de ses rêves, ne lui permettaient point de vivre autrement que de dureté, d'austérité, de sobriété, de privations infinies, pratiques[b] d'ailleurs, ordinaires pour gagner son ciel.

Il couchait à[c] la dure. Des planches assez fermes de caractère, résistaient très obstinément sous un matelas de crin fort comprimé, et à planches toujours mêmes, dont la tenue et la résistance faisaient souvent l'objet de ses méditations préférées, il les trouvait quotidiennement à la même place[d] lorsque les fatigues de la journée l'appelaient au repos.

« Singulière égalité d'humeur[e] de ce bois dur, si constammcnt cn buttc avcc mcs vcrtèbrcs dorsales », se disait-il souvent. « Ai-je jamais trouvé d'hommes aussi peu flexibles que ce bois rigide et obstiné ? Ai-je jamais trouvé dans autrui une aussi pure, aussi égale manière d'être ? » Le fakir faisait cependant assez bon ménage avec elles, car il restait près d'elles le matin de longues heures, très longtemps après le lever du jour.

---

[a] [à la recherche *biffé*]

[b] [qui n'étaient que les procédés pour *biffé*] pratiques

[c] [sur *biffé*]

[d] [heure *biffé*]

[e] [humeur *biffé*]

[*f*°25] Le reste de son appartement était divisé suivant ses travaux[a] et ses habitudes ; selon l'importance et la durée qu'il donnait à ses actes de la journée un espace y correspondait. C'est-à-dire que s'il lui fallait dix minutes pour faire sa barbe en passant un morceau de métal tranchant sur sa joue abondamment couverte[b] de mousse blanche, il avait calculé que dix minutes étant le sixième de soixante, soixante, le douzième de sa journée, dix minutes représentant le soixante et douzième du jour, il n'accordait, alors, à son meuble de toilette qu'une part correspondante dans l'espace du logement qu'il occupait et dont il connaissait très-précisément la grandeur représentée abstraitement par des cubes. Comprenez-vous bien, lecteurs ? Il mêlait[c] ainsi l'espace avec la durée. Cela n'est-il pas d'une[d] profondeur de pensée immense et tout à fait digne d'un fakir ? Restait-il assis durant un demi-jour occupé de rêveries profondes ? Son fauteuil occupait la moitié même de son logis, etc., etc. Je pourrais sans fin multiplier les exemples pour préciser[e] cette méthode d'ameublement qu'il avait toujours pratiquée quand il emménageait, et qui donnait à son intérieur une signification immédiate, unique[f], et le mettait hors de comparaison avec toute autre.

---

[a] [l'importance de se *biffé*]

[b] [fournie *biffé*]

[c] [Il pensait que *biffé*]

[d] [comm *biffé*] d'une

[e] [vous *biffé*] préciser

[f] unique [à l'observateur *biffé*] [*Mots ajoutés par Mellerio*] mot douteux

Le Fakir

## [f°26] Le Virtuose

Il y a aussi un meuble très particulier et très étrange qui jouit à
cette heure d'une grande vogue dans une partie de la société dite
bourgeoise. On en voit un dans presque toutes les familles. Il est
d'une forme bizarre et qui frappe tout d'abord les yeux de ceux qui
ne sont pas habitués à s'en servir ; quelquefois il est très long, ou
bien en hauteur contre le mur, il orne très souvent l'intérieur d'un
appartement par l'éclat de son ébène autant que pour son usage. Il
y a, à hauteur d'appui, une rangée de petites plaques blanches et
noires qu'on appelle des *touches*, et sur cette rangée de petites
plaques qui sont mobiles, les enfants de la maison, et
particulièrement les jeunes filles, promènent avec beaucoup
d'aristocratie les doigts, tantôt à droite tantôt à gauche, ce qui fait
entendre des bruits[a] graves ou aigus suivant la place touchée,
quelquefois la main appliquée tout entière produit un ensemble de
sons qui paraît produire un grand effet sur les personnes nerveuses.
Elles écoutent alors avec tous les signes d'une méditation[b] intense,
des bruits qui semblent fort les charmer ou les faire rêver.

J'ai entendu moi-même cette sorte de bruissement que l'on
écoute ici comme s'il était le langage des Dieux — il l'est peut-être
— et j'avoue avoir, comme tous les autres, subi l'influence de son
éloquence intime et mystérieuse. C'est du[c] rêve en[d] toute sa magie
et son prestige, avec son cortège d'illusions rapides, douces,
aimables ou terribles, qui passe en notre âme dès que cet ensemble
de [f°27] sons est perçu. Cela est d'un attrait irrésistible ; on se
laisserait ainsi bercer toute une vie, par ces bruits suprêmes qui
vous détachent si vite de ce monde, avec une intensité sans égale

---

[a] [sons *biffé*]

[b] [personne *biffé*]

[c] [*Mots ajoutés par Mellerio*] Au verso

[d] [avec *biffé*]

dans les arts. Seulement, l'excès en est nuisible[a] ; cela affaiblit les nerfs ; on[b] est après dans un état de surexcitation particulière, qui vous fait voir[c] tout à travers le voile du désenchantement. Et puis, c'est une fatigue, une réaction décisive[d] qui nous donne presque le dégoût de la vie, la nostalgie de l'au-delà.

Il y a, paraît-il, des auteurs particuliers pour inventer ces sortes de discours sonores ; car il faut bien savoir que l'impression qu'ils produisent n'est point du tout laissée au hasard. Il faut encore une grande science de ces mystérieuses choses, car il y a des gens qui passent, dit-on, leur vie à ne s'occuper que de cette chose. Ceux qui inventent ces discours sont des compositeurs. Ils sont comme les grands prêtres de ces mystères ; et nul ne peut rendre le sentiment de supériorité qu'ils reflètent. Ils sont dans[e] une apothéose perpétuelle. Quand ils[f] se font entendre, l'assemblée qui les écoute bat fortement les mains, en signe d'approbation, de félicitation. Vous comprenez que lorsqu'une vie est passée ainsi en public à recevoir les approbations de toute une foule, [f°28] [cela] doit singulièrement détourner le sens moral vers la vanité.

J'ai eu[g] la bonne chance d'approcher un jour du plus grand virtuose de ce pays et de l'interroger sur ce qui se passait en sa conscience à l'heure où tout un public — et il y en a quelquefois [plus] de 2 000 personnes et davantage — l'approuvait ainsi et l'applaudissait :

— Je le méprise, me répondit-il.

C'est tout ce que j'ai pu savoir de la personne morale. Sa personne immorale, d'ailleurs fort docile en ses devoirs religieux

---

[a] [n'est point permis *biffé*]

[b] [ou plutôt *biffé*] on

[c] [trouver tout *biffé*] voir

[d] [retour affaibl *biffé*]

[e] [comme *biffé*] dans

[f] [on *biffé*]

[g] |Un grand virtuose, le plus grand de ce pays que j'ai eu la faveur de consulter me *biffé*] J'ai eu

qu'il accomplit, dit-on, en toutes leurs rigueurs. Il est chrétien. Cela est incompréhensible.

Je n'ai jamais vu[a] de virtuose vraiment modeste. Je ne sais si la pratique de cet instrument fortifie le cœur et l'esprit, mais j'ai rarement trouvé parmi les musiciens un être mâle, sûr, ayant de la vie et des choses présentes une vision nette et précise. Ils semblent être soulevés de terre[b] et contempler dans le rêve l'image[c] des images, le songe d'un [ƒ°29] songe[d], l'ombre d'une ombre, ou le désir d'un désir. Il n'y a jamais eu de grands hommes parmi les virtuoses. Ils ne s'occupent jamais des choses générales de la vie qui leur est inconnue. Ils vivent particulièrement beaucoup mieux sous le gouvernement monarchique, car ils ne peuvent être tout à la fois aristocrates et démocrates, cela est un contre-état. Ils ne [se] sont jamais servis de leur instrument pour améliorer le peuple, ou le fortifier dans ses devoirs civiques.

Ils me disent ces virtuoses que là n'est pas le but qu'ils se proposent. Ils croient *simplement* que leur art n'est simplement qu'une impression produite, l'art de faire rêver, de détacher de ce monde et de faire oublier durant un court moment les malheurs et les petitesses de la vie présente. S'il en est ainsi —et je veux bien le croire — cela est la définition absolue de la chose créée, de l'œuvre d'art, en en mot.

S'il en est ainsi je me demande immédiatement si, à côté de cela, se trouve inscrit le code de leur tenue et de leur attitude parmi nous. Il est clair pour moi qu'il n'y a rien qui nous dicte de nous

---

[a] [À part les mauvais effets de ces instruments sur ceux qui les cultivent, et qui sont réellement d'une classe à part. Il n'y a pas de virtuose chez les gens du peuple. Ceux-là, ne le *biffé*] ; [il peut peut-être élever l'esprit, et [*mot illisible*] de fortifier en certaines choses de l'idéal. *biffé* / Cela est incompréhensible. *biffé*] Je n'ai jamais vu

[b] [la *biffé*] terre

[c] [des rêves *biffé*]

[d] [le *biffé*] songe

placer ainsi au-dessus de nos semblables, ni au-dessous, ni à côté, pour la seule affaire de l'avoir fait rêver.

[*f°*30] S'il en est ainsi, on ne voit guère où cela peut conduire : le haschich, l'opium, une jolie femme, aussi, nous font rêver. Faudrait-il, pour cela, préconiser l'usage de ces trois narcotiques, pour élever parmi nous le niveau des caractères, fortifier la volonté, ou faire oublier, dans leurs[a] mystères de l'Idéal, les tristesses et les misères de la réalité qui nous accable ? Qui sait ? Je ne répondrai pas. Je laisse pleine et entière la liberté au lecteur[b] d'user, comme il lui plaira, de ces choses assoupissantes. Il y a donc :

le tabac,
l'opium,
le haschich,
les jolies femmes,
les virtuoses.

[*f°*31] On me parle de *décorations*, de distinctions, de glorification, d'honneurs, de récompenses, d'apothéoses. Et l'on ajoute que la suprême particularité qui nous distingue est le droit acquis de mettre à la boutonnière de sa tunique un petit ruban de couleur rouge, celle des trois couleurs[c] de l'arc-en-ciel qui symbolise la passion. Droit acquis n'est pas le mot, puisque c'est quelquefois le droit violé. Un droit qui ne garde de la vérité que la demi-couleur, car le violet n'est qu'un composé du rouge. Mais l'homme et la gloire ne se contentent pas toujours d'une couleur franche. Il[d] en est ainsi dans ce pays étrange, où les hommes donnent si forte valeur à de petites choses et symbolisent par des choses petites ce qui devrait être si grand, si pur, si vrai.

Ils se livrent pour acquérir cette faveur suprême à des pratiques étranges, continues, qui agissent sur l'esprit des autres avec une

---

[a] [*Mots ajoutés par Mellerio*] ou : les ?

[b] lecteur [de ce pays *biffé*]

[c] couleurs [qui *biffé*]

[d] [Il y a *biffé*]

certitude désespérante, pour nous, gens du rêve, gens du peuple et de la foule, qui n'agissons qu'au grand jour, sans manœuvres occultes, et sans faire semblant. Il en est un qui cherche par des combinaisons chimiques la formule de la pierre philosophale et qui, pour ce, passe chaque jour, depuis bientôt quarante ans très régulièrement dans la principale rue de la petite ville qu'il remplit de [f°32] sa personne avec une longue cornue sous le bras. La tête basse, l'esprit absorbé, l'air soucieux en méditant, il passe ainsi jusqu'au laboratoire. Les bonnes gens qui l'ont ainsi vu durant leur vie, ceux-mêmes qui ont grandi, souffert, vieilli, et qui l'ont vu même avec la cornue, la cornue bizarre, grotesque, mystérieuse et mélancolique, ceux-là se sont dit un jour : il doit être bien fort, bien savant, ce chimiste ; il est bien fort, bien savant, ce chimiste ; il est savant, il est immense. Voilà de la considération bien acquise, la prise faite sur l'esprit d'autrui. Les enfants ont grandi, les générations sont venues, tous ont vu le vieillard blanchi, courbé, respecté, accompagné toujours de la cornue, et nul n'a vérifié si les formules du vieux savant sont les bonnes ; tous ont pris le procédé[a] pour le but.

C'est ainsi que tous ceux qui consentent à passer quarante ans de leur vie dans la même rue, dans l'idée fixe d'une idée fausse, sont également sûrs aussi d'être honorés, glorifiés, distingués, récompensés, décorés.

[f°33] Cette[b] âme dolente quitta le Fakir vers 1873 dans[c] le plus strict incognito. On ne sut jamais où elle partit[d]. La recherche eût été vaine[e].

---

[a] [le procédé étrange *biffé*]

[b] [*Ce paragraphe est précédé des mots suivants, ajoutés par Mellerio*] À l'encre violette — et d'une écriture qui semble assez postérieure à tout ce qui précède.

[c] [dans la plus sombre obscurité. Ce départ s'effectua *biffé*]

[d] [est partie. *biffé*]

[e] [Recherche vaine. On oublia la main on accueillit *biffé*]

Mais on accueillit, depuis avec faveur, la personne qui ne l'avait plus. Le Fakir dégénéré ayant[a] pris la figure de tout le monde[b], il se mit à la suite des autres hommes.

Un certain jour de déménagement, il laissa ce manuscrit que nous publions aujourd'hui, trente ou quarante ans après que ces lignes[c], sans suite, sont sorties de sa vague et incohérente pensée[d].

---

[a] [avait *biffé*]

[b] monde, [on ne le remarqua plus *biffé*]

[c] lignes [décousues, incohérentes *biffé*] [*Mots ajoutés par Mellerio*] à l'encre violette

[d] [Journal / Décembre 1870 *biffé*] [*Mots ajoutés par Mellerio*] à l'encre noire

---

[1] Redon pense sans doute à la célèbre phrase d'Antoine de Rivarol : « ce qui n'est pas clair n'est pas français » (*De l'Universalité de la langue française* (1783), éd. Th. Suran, Paris, Didier/Privat, 1930, p. 255).

## 1870 Décembre[a]

$[f°1]$

Simple soldat, je pars sans aucune ambition, n'ayant autre désir que donner aide à ma patrie. L'heure est impérative, le devoir m'est léger. J'exposerai mes jours en[b] l'honneur du grand nombre, j'avancerai avec confiance, mais il est clair pour moi que j'ai souvent vu des morts sans tristesse : un cercueil passe, je le respecte ; je salue même en lui, dans ce dernier adieu, et l'homme qui n'est plus, et l'inconnu suprême ; mais je n'ai point[c] de cœur, ni de pitié ; je me sais[d] égoïste et même[e] inexorable pour la richesse qui pleure. Seulement, je me sens plein d'amour pour le pauvre qui passe, sans pompe, oublié ; méconnu, suivi de la douleur ; je pars aujourd'hui le cœur bien léger et l'âme souverainement attendrie.

Et pourquoi ? Je l'ignore. Je n'ai jamais porté en moi un culte constant et bien défini pour ma patrie. Je ne vois pas nettement ce qu'elle m'a fait, ce qu'elle m'a donné. S'il me fallait pleinement renier les nations voisines, il m'en coûterait, je l'avoue, au moins quant aux arts, aux livres. Mais il en est ainsi, ne sommes-nous pas solidaires ? Au moins pour ce qui est des intérêts $[f°2]$ matériels ? Allons pourtant, quelque chose me pousse d'ailleurs, la confuse curiosité de voir la bataille ; le danger stimule l'âme, allons y. Je verrai du pays. Je traverserai des villages, je vivrai enfin de la vie simple et libre, celle que j'ai rêvée, aimée, voulue, cherchée.

Tes malheurs, pauvre France, comme tes succès, ont quelque chose d'extraordinaire. L'Europe est inquiète ; il semble que tout

---

[a] [*Le titre est précédé des mots suivants, ajoutés par Mellerio*] Sous la couverture portant ce titre : *Le Fakir* — et, à la suite, ce récit vraiment autobiographique et formant un tout séparé.

[b] [pour *biffé*]

[c] [manque *biffé*]

[d] [vois *biffé*]

[e] [suis *biffé*]

s'arrête, comme obscurci, par la pénombre où tu passes. Puisque ta lumière manque, consolons-nous ; on ne peut pas tuer la lumière. Sombre Allemagne, triste et confuse race teutonne, guerrière et cruelle. La force prime le droit, dites-vous ; nous disons que le droit n'est point annihilé par la puissance[a] barbare. S'il nous faut tous mourir, les morts ne sont pas des vaincus. L'idée pour laquelle ils meurent leur survit.

Au sein de toutes ces inquiétudes, troublé confusément, je ne puis comprendre le désir qu'ont mes amis de servir leur pays avec des grades.

[*f*°3] Primo, ces grades sont doucement usurpés parmi[b] tous ceux qui les ont déjà conquis sur place, par les preuves données sur le terrain lui-même, en présence de bons témoins oculaires. La force d'âme qu'ils donneront là leur donnera l'autorité nécessaire au commandement ; je n'en connais point d'autres, il me semble. Et tous ceux qui se disputent en ce moment l'honneur de nous commander, n'ont qu'une autorité abstraite dont la source est prise dans la grande mémoire qu'ils ont des mots. Ils ont appris dans un petit livre intitulé *Manuel*, quelques phrases d'une grande puissance d'autorité, il faut croire, puisque tous ceux qui les récitent avec beaucoup de volubilité sont sûrs d'avoir les plus grands succès parmi ceux qui s'en vont vers l'avenir. Que voulez-vous, il en est ainsi. Les hommes ont besoin quelquefois d'être commandés de cette manière. Je ne les commanderai point ainsi, surtout en matière militaire, où je préfère timidement et passivement obéir.

[*f*°4] J'ai vu beaucoup de ces nouveaux capitaines être très brillants[c] près des dames ; ils font aisément la conquête de leurs plus gracieux sourires. Et n'allez pas croire que j'en suis bien

---

[a] [les barba *biffé*]

[b] [à tous ceux *biffé*]

[c] [assidu *biffé*]

jaloux à cette heure. Je crois d'ailleurs qu'il[a] nous est bien aussi facile d'entrer en lice nous aussi pauvres soldats, et que nos belles dames françaises seront assez patriotiques pour nous donner à nous également quelques regards attristants, nous sans galons ! sans épaulettes, nous qui n'avons jusqu'ici trouvé de cœurs sympathiques que parmi ces pauvres villageoises qui entrent dans les villes pour servir les nobles dames, qui ne sont plus nobles cependant.

Mais… là n'est pas encore leur unique but. On dit que les officiers sont plus heureux que nous en campagne — matériellement parlant. Car pour ce qui est du bonheur que l'on trouve en soi-même, de ce bonheur placide et toujours présent en notre âme, même dans les infortunes sociales, dans le mal-être [*sic*] des conditions infâmes, [*f°*5] je ne crois pas qu'ils en aient l'unique privilège, non le plus pauvre d'entre nous, le plus humble, le plus timide même, trouvera toujours en lui cette source vivante du cœur et de la conscience, en qui ses forces et sa vie morale se relèveront tant.

Et puis est-ce bien l'heure de penser à de si petites choses ? Est-il possible de tenir à ces deux intérêts si contradictoires, à l'intérêt de soi, et à celui du nombre ? Non, je me dis que tous ces audacieux commandants, sans commandement, ont en eux un profond génie militaire ; ils veulent nous primer parce qu'ils se sentent la force (peut-être point l'autorité) de nous commander, et rien, alors, n'est[b] plus sacré que ce désir ; de plus légitime. Le danger n'est-il pas au bout de tout ceci, et je les verrai moi-même ; ils ne se dédiront pas.

Pourtant après de mûres réflexions, ou plutôt sans aucune réflexion, spontanément, simplement, aisément, je me mets[c] dans le rang des soldats.

---

[a] qu'il [bien aise de conquérir leurs *biffé*]

[b] [de *biffé*]

[c] [reste *biffé*]

[*f*°6] Je n'ai point le génie militaire. Je ne crois pas non plus être sur le champ de l'action à la hauteur de tout ce que demande mon espérance. Quelle honte, quelle déchéance, quelle déshonneur, si j'allais me cacher, me fondre, me dissoudre comme notre dernier gouvernement, et quel exemple. Non, non. Je reste simple soldat. Je pars simple soldat. Je reviendrai, s'il plaît à Dieu, simple et humble soldat.

## II
### 4 décembre 1870

On nous a présenté hier un bien charmant jeune homme ; il brigue auprès de nous les honneurs d'un lieutenance. Et pour ce, il s'est mis en mesure de nous faire connaître tout son acquis, car nos chefs subissent le concours.

C'était une vraie théorie qu'il savait, évidemment, clairement, il nous l'a débitée mot à mot. C'était admirable de diction, de précision, d'assurance. Cela me rappelait ces longues pages, si placidement lues et comprises, et dont le mot à mot quotidien a tant affligé notre enfance.

[*f*°7] Ne sachant pas très bien si tant de verbiage saccadé révélait un courageux militaire, j'évitai de lui donner ma voix ; mais les candidats n'étaient déjà pas si nombreux, en si bonne mine ; si vous l'aviez vu gentil, élégant, coquet même, qui n'eût pas voté pour lui ; et puis une telle ambition dans le regard, un tel désir de parvenir à ce grade céleste de sous-lieutenant ; je lui donne ma voix et[a] mon obéissance militaire — bien entendu.

À la fin du concours il s'est alors approché de nous dans les rangs pour causer familièrement avec ses subordonnés. Je remarquai qu'il s'approchait surtout des soldats dont le linge est le plus soigné ; il y en a quelques-uns dans ma compagnie, et même dans l'armée.

---

[a] [avec *biffé*]

Mon voisin, caporal tant charmé par cette éloquente expression de l'art militaire, et par la simplicité avenante de cet homme héroïque, tout entière comprise dans le mot à mot, me fit partout soucieux de son admiration :

« Quel grand guerrier que celui qui imprima cette théorie, ce *manuel* ».

### III

[*f*°8] Voilà notre légion qui se dirige sur la frontière. Hélas ! quelle frontière ! à Tours, un comité de défense émet le vœu que nous approchions de l'ennemi, il y a unanimité ; et[a] nous partirons : cet ordre ne m'a donné ni crainte, ni faiblesse. J'ai longuement réfléchi sur le pouvoir donné à quelques hommes de nous envoyer ainsi à la mort, sans qu'ils nous y précèdent[b], sans exemple. Le[c] problème est ainsi posé dans mon esprit, mais ne peut s'y résoudre. J'ai[d] bien d'indécisions[e] et des hésitations qui s'y croisent.

Un homme se met en avant et demande des pouvoirs, pour nous diriger : il nous équipe, et décide d'accorder en cela avec les adjoints, qui sont unanimes, toujours unanimes, que nous irons les premiers au feu.

Cela est de leur part noble, et chevaleresque. Mais je reste un peu confus de donner à un autre homme le pouvoir de me forcer à faire une chose que je ne ferais peut-être point seul. Je ne suis point un volontaire. Je ne suis pas non plus un réfractaire. Je suis seulement homme qui adhère.

---

[a] [le sort *biffé*] et

[b] [sans qu'ils nous y suivent et *biffé*]

[c] [Ce *biffé*]

[d] [et plusieurs *biffé*] J'ai

[e] [mille *biffé*]

Oui, je suis un peu humilié moi-même d'obéir [*f*°9] ainsi à quelqu'un qui de mon consentement peut[a] me faire aller où je ne suis point allé volontairement. Cela est en quelque sorte comme un correctif à mon esprit de résistance, qui est l'analogue de l'esprit d'immobilité. Mais j'obéis avec connaissance de cause, et cette forme de l'activité n'exclut pas, bien entendu, la liberté.

Mais alors, si je suis libre, celui qui me commande ne l'est point. Le mandat donné, en[b] ces heures néfastes, implique-t-il le pouvoir de nous envoyer mourir ? Oui certainement, mais de mourir à l'unanimité.

Or, il n'y a point d'unanimité du tout en ceci. Je le déclare en ce moment en présence de ce papier blanc qui se froisse tout seul dans mes mains, un peu rudes, et un peu ternies par la crosse du fusil qui reposait en la boue, je dis de bonne foi que l'unanimité ne s'est point produite en ces temps douloureux et mortels.

Il y a des volontaires.

Il y a aussi de réfractaires.

Il y a même des patriotes qui ne sont ni l'un ni l'autre ; mais qui sont simplement pères[c] de famille. Ils ont le malheur de sentir chaque soir la chaleur douce du foyer ; ils ont une femme sensible, aimable, douce et bonne, et je serai même[d] irrévérencieux patriote si je n'ajoutais pas bien vite que sous notre zone méridionale, cette [*f*°10] femme bonne et douce, aimable et sensible, est une femme jolie. Ces bouillants patriotes qui forment une classe à part, sont dispensés naturellement, et sans aucun soupçon de couardise, du service militaire. Et à ce sujet on pense bien que les célibataires vont se récrier ; ils ont le malheur[e], eux, aussi de ne point avoir de

---

[a] [*Mots ajoutés par Mellerio*] ou : pour ?

[b] [à *biffé*]

[c] [des *biffé*] pères

[d] [un *biffé*]

[e] [bonheur *biffé*]

compagne ; ils[a] sont seuls. C'est pour cela que l'opinion décrète qu'ils serviront militairement leur pays, au plus vite. Comme pour les rendre utiles et tirer parti de cette matière humaine. Les autres resteront dans leurs chambres. Ils occupent tous les postes, toute l'échelle de l'administration nationale, et y déploient une activité sans égale, pressante, impérative ; ils se dévouent enfin tout le jour ; et la nuit ils songent aux pauvres malheureux qui campent dans la plaine, sous le givre glacial. Ils sentent leurs entrailles tressaillir de bonheur au souvenir de leurs enfants[b], qui seront par [f°11] eux protégés, et comme cela doivent nous en savoir gré d'être en ce jour de purs célibataires, de célibataires mobilisés, à côté des pères de famille immobilisés !

Quand ces héros[c] immobiles méditent aussi dans leur cabinet, sur les graves responsabilités, et les lourdes décisions qu'ils ont à prendre, que se passe-t-il dans[d] leur esprit ? Je ne puis me mettre en la conscience d'un homme qui envoie un autre homme à la mort sans y aller lui-même. Si je me mets en sa personne, j'éprouve comme une confusion, dont la seule intuition me fait monter le rouge au visage. Si je m'identifiais trop longtemps avec cette manière d'être et d'agir, je n'oserais sortir dans la rue sans me sentir comme opprimé par cette lourde créance, par cette genérosité[e] d'action particulière qui n'est point celle que m'a donné la nature.

Ha[f], il m'est doux d'être célibataire, et d'être [f°12] dans les rangs de ceux qui se battent.

Toi, soldat, que ta position d'âme est différente ! Tu ne fais qu'obéir[a]. Qu'y a-t-il de plus pur que cette soumission passive, qui

---

[a] [Et pour ce *biffé*] ils
[b] [propres fruits *biffé*]
[c] [gens *biffé*]
[d] [de bien en *biffé*]
[e] [libéralité *biffé*]
[f] [Ah *biffé*]

mène au devoir de cœur léger et l'âme irresponsable[b] ? Cela ne vaut-il pas mieux que l'état moral de l'inexplicable patriote[c] dont je parlais tout à l'heure et qui fait une classe à part ? Tu vas te battre, et te voilà soudain le créancier de tes compatriotes ; ils te doivent de cette monnaie peu courante et très rare qui se pèse au poids de notre sang. Elle n'est point du tout cette considération, banale comme un verre d'eau claire[d], que forgent les gens du monde ou de la société, pour leurs usages de chaque jour. La créance est ouverte sur le folio du sacrifice. Soldats[e], conscrits, volontaires et célibataires, auront cette fois-ci, sur la page la plus riche[f], celle de l'actif, [$f°$13] de larges et solides échéances. Ta[g] condition, humble[h] soldat, touche à celle des pauvres. Comme lui [*sic*], tu accomplis la vraie tâche, la tâche, sans tache, celle qui tâche de ne point usurper. J'ai ta loi, ton principe, et ta vie. Je pars en toi, l'esprit content et plein de cette curiosité particulière qui explore[i] les nouveaux points de la conscience humaine.

## IV

Nous partons[j] ; nous partons enfin par une journée fort sombre et triste et humide, pleine de bruit et de mouvement ; nombre de parents et d'amis nous accompagnent. À chaque heure qui s'écoule, on voit s'amoindrir le nombre de bataillons qui

---

[a] obéir [obéir, c'est donner, agir *biffé*]

[b] [en quelque sorte *biffé*] irresponsable

[c] [de l'homme *biffé*]

[d] [bien sucrée et *biffé*]

[e] [et je crois que *biffé*] soldats

[f] page [brillante de leur actif de *biffé*]

[g] [Accumulez *biffé*]

[h] [simple *biffé*]

[i] [s'exerce dans le *biffé* ; qui expl *biffé* ; qui cherche et qui *biffé*]

[j] partons [enfin *biffé*]

manœuvrent sur la grande place de ma ville natale[1], place peu héroïque qui ne fut jamais le théâtre d'un fait d'armes, devenu[a] légendaire, ni même humoristique, si ce n'est des faits d'armes fort placidement accomplis le dimanche, pour montrer aux vieux généraux les valeureux exploits d'un corps d'armée fidèle à la discipline[b] qui oblige le soldat à paraître devant ses chefs, le plus [ƒ°14] brillamment possible dans une tenue irréprochable, même à l'éclat d'un bouton près.

Cette place sert aussi à la promenade. C'est là que j'allais quand j'étais jeune enfant, courir et m'amuser dans la troupe de mes camarades d'école, qui y faisaient un si grand bruit. Que d'exploits ne fîmes-nous pas, nous aussi, quand soudainement divisés en deux grandes armées, nous nous lancions de toute la force de nos jambes en une guerre d[c]'escarmouches et par ruses, dont le but n'était pas la conquête, mais la prise soudaine, absolue d'un ennemi ! C'était un ennemi d'enfance, un ennemi sans rancune ; il traitait loyalement avec nous à notre heure sans ressentiments, sans amertume, et sans dégoût.

L'heure est-elle maintenant changée ! Quinze ans mis entre mon enfance et ma vie présente ont-ils suffi pour changer les choses ? Hélas non : il faut se battre encore. Cela n'est pas bien nouveau dans l'histoire des hommes, et sur cette terre conquise, mais il faut aujourd'hui se battre au péril de la mort, voilà tout, et cela quand on est célibataire. Nous ne connaissions alors aucune particularité qui nous dispensât du service militaire, nous allions à nos jeux sans destination de rang, ni d'état, en ces jeux[d] qui nous donnaient une image de [ƒ°15] l'homme en tous âges. Je ne le constate que trop maintenant.

---

[a] [historique *biffé*]

[b] discipline [et aux réglements *biffé*]

[c] [par *biffé*] [*Mots ajoutés par Mellerio*] ou : d'

[d] [nous étions là *biffé*]

Cette longue et grande place sert encore annuellement de rendez-vous[a] à une assemblée de marchands variés dont les marchandises, plus variées que leur éloquence, attirent en grande foule[b], une grande affluence[c] de gens de la campagne. Ils se rendent[d] là en leurs habits du dimanche, et particulièrement ce jour-là pour faire des emplettes de toutes sortes, et aussi pour jouir des représentations variées qui se donnent[e] alors sur des planches, par des acteurs spéciaux. Mais, il y a là des luttes aussi : toujours.

Des gens robustes se prennent corps à corps pour se jeter à terre : ils convient le plus fort des spectateurs à venir[f] lutter[g] avec eux. Les paris s'engagent ; que de bravos, que de passions cela soulève ! Les grands virtuoses de cet art[h] peu moderne et musculaire, tiennent[i] fort du talent qu'ils exercent et qu'ils ont depuis leur enfance pratiqué. Ils ont le front bas, la tête petite et paraissent[j] peu se soucier de ce qu'elle peut contenir[k] et leur fournir. Ils ont en revanche une ossature magnifique qui témoigne de leurs exercices quotidiens et donne une image fidèle des premières populations barbares qui nous précédaient.

Il y a aussi des théâtres qui donnent à l'esprit des récréations plus délicates : ils donnent[l] la légende [*f*°16] de Saint-Antoine, des représentations fantastiques, des prestidigitateurs… Mais surtout, il

---

[a] [une exhibition de jouets d'enf *biffé*]

[b] [avec affluence *biffé*]

[c] [foule *biffé*]

[d] [viennent *biffé*]

[e] [l'on donne *biffé*]

[f] [à en faire autant *biffé*]

[g] [se battre *biffé*]

[h] art [musculaire *biffé*]

[i] [sont sensiblement *biffé*]

[j] [et paraissent se soucier fort *biffé*]

[k] [contenir *biffé* ; leur fournir *biffé*]

[l] [il y a *biffé*] donnent [la représ *biffé*]

y a des ménageries, des collections d'animaux qu'on dit féroces, et autres que j'ai visitées.

C'est là[a] que j'aime passer mes heures, heures de loisir, de repos, d'amitié. J'éprouve en visitant ces lieux comme un apaisement subit de tout ce qui fermente en moi-même. C'est un repos soudain[b], quelque chose de bienfaisant, de subtil[c], de paisible, qui tient de cette sérénité que l'on trouve à son foyer. Elles sont si belles, si[d] vraies, si saines, et si natives, ces bonnes bêtes ! Aussi je ne manque jamais d'accomplir mes devoirs envers elles, partant, où les hasards[e] de leur captivité les emmène[nt], ces douces et franches amies que j'aime tant !

Voici d'ailleurs le spirituel élément qui me regarde[f] d'un œil si fin, si fin ; il sonne un peu[g] la cloche et se balance, et comme il juge la[h] simplicité de ma nature sans orgueil et point aristocratique, il prend aussitôt la fantaisie de pousser sa longue trompe dans ma poche pour[i] y prendre ce gâteau qu'il m'a vu cacher de loin. Il se contente de peu, une miette lui suffit ; il la ramène solennellement en sa grande maison de mâchoire, et m'en demande encore, et il sonne de plus belle.

[f° 17] Quelle lassitude d'aller ainsi toujours le sac au dos, sur la route, sinon en de bruyants wagons où la solitude est impossible. Mes compagnons d'armes sont d'un entrain et d'une exubérance de tempérament sans mesure ; ils chantent, ils rient, ils se livrent constammant avec leurs gourdes à des dialogues si vifs, si animés !

---

[a] [C'est là dans *biffé*] [souvent *biffé*]

[b] [soudain *biffé*]

[c] [si sain *biffé*]

[d] [et *biffé*] si

[e] [je les aperçois *biffé*]

[f] [sonne la cloche, et *biffé*]

[g] [encore *biffé*]

[h] [vite du *biffé*]

[i] [et *biffé*]

Au milieu de tout ce bruit, je me sens ahuri, fatigué. Cela n'est pas de la lourdeur, de la rudesse de la tâche. Ce qui m'écrase et m'abîme est de ne point avoir une heure, un instant, où je puisse me recueillir.

Bientôt, le soir, on nous donnera le billet qui nous logera pour la nuit. Qu'aurai-je aujourd'hui chez mon hôte ? Que sera-t-il ? J'aime ces incertitudes de l'espérance ; l'imprévu me plaît. C'est lui qui me soutient en cette campagne, imprévue elle-même en ma destinée. Que de bizarreries, que de variétes d'impressions naissent de la[a] vie qui se déroule devant moi depuis les tristes commencements de cette campagne.

Cette figure que j'interroge, qui vous accueille, qui vous voit avec compassion ou indifférence, ce regard et attitude, et jusqu'au son de la voix, tout cela ne révèle-t-il pas l'accueil qui m'attend ?

En vérité, j'ai toujours été bien traité au village[b], chez les simples gens qui vous agréent avec tant de [ƒ° 18] naïveté, de bonté. Que d'impressions ne produisons-nous pas sur eux, sur les enfants, sur les femmes ; ces armes, ces couleurs vives ; ce quelque chose de particulier qui accompagne toujours celui qui vient de loin ; tout cela les captive.

Parfois chez les bons vieux qui vous accueillent, tremblants et courbés, il en est aussi qui ont servi, comme nous, en ce moment, mieux que nous en ce moment. Ils ont été soldats sous l'Empire. Ils ont parcouru l'Europe. Il faut alors écouter maints récits, mille anecdotes, cela est bien démodé toujours, invariablement formé[c] dans la même moule[d] d'une même époque, d'un même temps. Mais cependant tout ceci est conté avec tant de simplicité, de vérité.

Aujourd'hui je suis en la bonne Normandie, en la fertile et grasse région qui nous donne de si douces et si saines choses. On y

---

[a] [cette *biffé*]

[b] [à la cam *biffé*]

[c] [moulé *biffé*]

[d] [forme *biffé*]

voit de puissants bestiaux qui passent sur la neige. Je les regarde dans une cour silencieuse et mélancolique, dont le jour sobre et grand, comme toute lumière tamisée par des nuages chargés de givre, emplit tout, met en relief les[a] plus petits détails.

Une jeune fille vivement charmante m'accueille avec la rougeur sur les joues. La tête penchée, sur le seuil de la porte demi-ouverte, exprime une sympathie subite et sans mélange. Elle a l'air doux, compatissant, humain ; elle[b] est fine, perspicace, elle devine mille choses[c] et dans la simplicité de sa condition, elle semble avoir lu agréablement que je me trouve en la mienne sans regret.

Cet abord si confiant m'attire.

---

[a] [penètre en les *biffé*]

[b] [elle devine mille choses *biffé*]

[c] [*Mots ajoutés par Mellerio*] Au verso

---

[1] Place des Quinconces, Bordeaux

127

# Le Récit de Marthe la folle[a]

## [f°1]

En 1842, la frégate *Le Berceau* partit de France pour se rendre à Pondichéry[b]. Mon père m'emmenait avec lui pour rejoindre ma mère et ma sœur qui habitaient encore ce chaud[c] et florissant pays où je suis née. Je venais de finir mon éducation et n'aspirais plus qu'à revoir mes parents et mes amis d'enfance qu'un séjour de six ans en France avait séparés de moi. Je correspondais quelquefois avec ma sœur Aug, avec ma sœur Hélèna, et savais aussi quel vif désir avait ma mère de me revoir et ne me plus quitter. Mon père, je le voyais[d], sans doute, par intervalles, mais ses courtes apparitions au couvent, où il m'avait placée, ne servaient qu'à activer en mon esprit cette dure mélancolie que connaissent, je suis sûre, tous ceux qui ont été séparés jeunes des vastes solitudes des terres créoles, des mœurs si simples d'ailleurs, et cette vie libre et pleine qui s'y épanouit au premier âge contrastait singulièrement avec le séjour que je venais de faire entre les murs tristes et silencieux du couvent. Je me rappellais [f°2] souvent[e] mes courses vagabondes à travers la lisière de la vaste forêt qui touchait à l'habitation de mes parents. Le vieux nègre Moutéa[f] m'y surveillait

---

[a] [Histoire créole *biffé*] [*La première mention du titre est précédée des mots suivants, ajoutés par Mellerio*] Sous une couverture de papier écolier blanc plié en deux. Au recto de la 1ère page de couverture, ce titre : [*La deuxième mention du titre est suivie de ces mots, également ajoutés par Mellerio*] Le titre écrit au crayon, postérieurement semble-t-il à celui ci-dessous [*Histoire créole*] qui fut barré.

[b] [No[*illisible*] en l'île de Madagascar *biffé*]

[c] [doux *biffé*]

[d] [qui me visitait *biffé*]

[e] [avec *biffé*]

[f] [Cinadon *biffé*]

129

toujours avec tendresse[a] ; les noirs, d'ailleurs, tant calomniés par les uns, si défendus par les autres, n'ont jamais été purement compris : ils sont[b] de cette humilité douce qui attire et[c] vibre profondément des sentiments vrais. Je crois pouvoir dire, sans troubler en ce moment la mémoire de mes chers parents maintenant disparus, que sans la présence de ce vieil gardien[d] de mon enfance, attaché à notre maison par toutes les forces de l'instinct et d'un bon instinct, je ne sais ce que mes folles courses m'auraient causée. Et puis cette aisance[e] particulière à la vie créole[f], cette verve large et forte au sein d'une société qui n'a point le contrôle d'une tradition surannée ; ce[g] grand air, en un mot, que respire l'âme au milieu d'une nature vierge et vivace, tout cela me manquait en France, et faisait que mes pensées[h] les plus chères faisaient souvent un voyage[i] aux pays sous le ciel si lointain de mes premiers ans.

Nous partîmes par une matinée sereine et ensoleillée. La[j] brise qui emplissait[k] fortement les voiles [ƒ°3] nous portait[l] sur les flots calmes, et la mer, bientôt, la grande mer nous apparut dans sa majesté idéale[m] et mystique[n]. Une vaste étendue sans limites, sous

---

[a] [cette *biffé*] tendresse

[b] [vrais *biffé*]

[c] [par *biffé*]

[d] [ami *biffé*]

[e] [libert *biffé*]

[f] [coloniale *biffé*]

[g] [tout *biffé*] ce

[h] [les pens cher *biffé*]

[i] [dans un pays lointain et grand au ciel *biffé*]

[j] [Une *biffé*]

[k] [tendait *biffé*]

[l] [poussait, faisait traverser *biffé*]

[m] [grandiose *biffé*]

[n] [mélancolique *biffé*]

l'azur profond[a] et immense. Je me rappelle encore avec délices ces premières sensations que j'éprouvais à cette vue première de ma vie, car j'étais venue jeune en France et rien ou presque rien du parcours ne m'était resté dans l'esprit. À l'heure dont je vous parle, j'avais 20 ans. J'avais hâte de tout connaître, et combien étaient vives et multiples[b] les illusions qui se croisaient dans mon âme.

Je ne vous dirai rien de ce trajet qui fut long et n'eut point d'accidents. Nous longeâmes toutes les côtes de l'Afrique occidentale, jusqu'au cap de Bonne-Espérance, et tout nous faisait croire qu'une fin heureuse terminerait notre traversée. Quand, une certaine nuit, nous n'étions pas loin de Tuibalewé[1], je m'en souviens encore, nous fûmes éveillés brusquement par des secousses violentes. Le bateau subissait les violences[c] d'une mer [*f°4*] inconsciente et houleuse : une noire et sinistre tempête nous menaçait : aux ordres pressants et inquiets que donnait le capitaine[d], je compris bientôt le caractère du danger que nous courions[e] ; de lourdes bourrasques, des lames brutales et précipitées[f] tombaient[g] sur le pont où chacun[h] se cramponnait avec effroi. Nous[i] sentîmes une forte secousse qui [ne] nous dit que trop bien que nous touchions un *esquif* : tout perdu[j]. On mit tant[k] bien que mal une chaloupe [*mot illisible*] où des passagers descendirent péniblement : je vis une autre encore [*sic*]. Mon père, je me

---

[a] [immense *biffé*]

[b] [et impatientes et *biffé*]

[c] [toute *biffé*]

[d] [mon père *biffé*]

[e] [qui nous menaçait *biffé*]

[f] [sinistres *biffé*]

[g] [balayaient *biffé*]

[h] [les pa *biffé*]

[i] [Quand une *biffé*]

[j] [était donc *biffé*] perdu

[k] [comme *biffé*]

rappelle, me prit alors dans ses bras[a], traversa péniblement le pont en s'accrochant comme il pouvait aux mâts, aux cordages, tenta[b] d'y descendre avec moi. Les premières lueurs du matin étendaient leurs tristesses sur ce tableau horrible. Les figures étaient blêmes. Nous prîmes place péniblement dans la barque trop pleine qui fut confiée aux matelots : à petite distance on distinguait [*f°*5] la pointe aiguë d'une roche noire et des sables, nous n'étions pas loin du rivage. Mais qu'advint-il alors… je ne le sais. Je sens encore un froid de glace à l'idée du flot qui nous enveloppa, lointain, quand, je perdis connaissance...

\*

Quand je revins à moi, à ma conscience, était-ce un rêve ? était-ce du délire ? J'étais sur[c] un lit de mousses[d] et de feuilles, de grandes fougères ; et sous les arceaux d'une cabane rustique, sorte de case, entièrement sommaire où les rameaux d'un arbre épais et touffu constituaient à peu près la principale essence de la bizarre architecture. La triste mémoire[e] de cette nuit sinistre me revint vite à l'esprit et je me crus sauvée. Un léger bruit causé par des pas sur les feuilles me fit croire à la présence de mon père, mais ô tristesses[f], je tressaillis en apercevant près de moi, à mes pieds, un énorme singe dont les yeux humides et inquiets[g] me fixaient avec une persistance et une douceur tout humaine. Il était grand, de[h] forte stature, accroupi, et me semblait alors dans l'attitude [*f°*6]

---

[a] bras. [Qu'advint-il alors, qu'arriva-t-il alors ; Je ne le sais. Je m'évanouis sans doute. Je ressentis la gli *biffé*]

[b] [et je rev *biffé*]

[c] [Je me trouvais étendue sur des feuilles sèches *biffé*]

[d] [feuilles sèches *biffé*]

[e] [Je revins vite à *biffé*]

[f] [ciel *biffé*]

[g] [regards mobiles et humides *biffé*]

[h] [et *biffé*] de

d'une attention passive. Il tenait en la main une noix de coco[a] où il buvait et s'approchait de moi comme pour me dire de la prendre. On pouvait entendre un petit cri sec et strident que poussent ces sortes de bêtes ; et se mit à sauter sur les branches, à descendre, à revenir encore auprès de moi avec des fruits exotiques. Je compris vite l'immensité de mon malheur.

En parcourant quelques jours après le sol où m'avait jetée ma triste destinée, je compris ce qui s'était passé durant les heures que je passais sans conscience. Le gorille m'avait recueillie sans nul doute sur[b] le sable de la côte et[c] m'avait ainsi portée sur ces feuilles[d].

Je ne sais combien dura le temps où je restai ainsi étendue à demi-morte et dans la torpeur[e] de ma situation et de mon infortune. Mais je dois dire que l'étrange animal, à la fois [f°7] soumis et inquiet, m'accabla de soins avec une intelligence de mon état de faiblesse qui m'étonna[f] singulièrement, comme vous le pensez. Il sortait, il rentrait dans la petite cabane de chaume, sans me perdre de vue au moindre mouvement que je faisais. Il rapportait du dehors des mousses[g] extrêmement soyeuses dont il remplissait le sol, et qu'il posait sous ma tête avec une attention et une délicatesse attentionnée[h]. Ces mousses de terres vierges ressemblaient aux plus riches tapis lissés par des mains orientales. Puis les fruits qu'il portait embaumaient l'air et m'enivraient

---

[a] coco [qu'il portait à ses lèvres *biffé*]

[b] sur [la côte *biffé*]

[c] [Il n'y a *biffé*] et

[d] [Il n'y avait sur la plage que du débris du vaisseau qui m'avait portée sur cette île inconnue. Elle me parut grande / Je restais [*sic*] et touffue et épaisse. Une longue grève s'étendait jusqu'à l'infini, où nulle illusion possible sur le doute de mon désespoir [*sic*]. J'étais perdue *biffé*]

[e] [l'effroi]

[f] [m'effraya par toutes *biffé*]

[g] [feuilles *biffé*] mousses [exotiques dont *biffé*]

[h] [toute pénétrante *biffé*]

jusqu'au délire. Le coco, la papaye, la mangue, la goyave, l'ananas, je les retrouvais enfin et leur goût doux, savoureux[a] me rappelait ma première enfance, et je ne sais quelle joie, quelle sève de mes premiers ans.

J'étais[b] faible, le soir vint et avec lui toutes les frayeurs nocturnes.

[*f*°8] Le singe prit un fort bâtonnet et s'accroupit à l'entrée du gîte dont il fermait presque l'entrée avec ses larges épaules. Au moindre mouvement[c] que je faisais, il poussait un cri rauque et étrange. J'entendis fort bien, durant cette nuit haletante, les hurlements des bêtes féroces qui me flairaient, sans doute ; mais ma misère, ma détresse, l'affaiblissement que me causaient les sensations si fortes et si imprévues ne tardèrent pas à vaincre mon effroi. Je m'endormis comme on pourrait le faire dans l'ivresse.

Aux premiers rayons du jour, je fus éveillée par une sorte de bruissement immense et confus dont les accents sont difficiles à vous dire[d]. L'épaisse forêt qui m'abritait était remplie d'oiseaux qui faisaient entendre un chant suprême. Cette harmonie céleste était comme des pleurs d'amour infini. Nulle musique ne m'a sonné jamais l'égal de ce concert sublime dont la grandeur, la majesté, le calme et l'expression vraiment divine n'ont de pair que dans ce qui s'exhale[e] de la nature et de la vie inconsciente. Ce fut dans la suite un de mes plus purs plaisirs et une de mes plus chères consolations de l'écouter chaque matin, à l'heure où je me mettais[f] en prière.

Quiconque a beaucoup souffert d'ailleurs, quiconque [*f*°9] a beaucoup à se plaindre en [la] société des hommes ne recevra

---

[a] [âpre et fort *biffé*]

[b] [Ma convalescence *biffé*] J'étais

[c] [bruit *biffé*]

[d] [indicibles *biffé*]

[e] [vit *biffé*] [s'épa *biffé*]

[f] [de ma *biffé*]

toujours de calme et de repos que dans les[a] rapports avec la nature inconsciente. L'arbre, la fleur, la roche, le ruisseau, doux confidents[b] des âmes blessées, on vous aime parce que vous ne faites aucun mal. N'êtes-vous pas le refuge lointain[c], le baume consolateur, bienfaisant de ceux que la justice et l'amour n'ont point consolés[d] ?

J'étais remise de ma défaite et assez forte le lendemain pour me lever, marcher[e], pouvoir[f] explorer les lieux incommuns où j'avais échoué ! Quand le grand singe vit mes premiers pas, il sauta, marcha, lui-même avec les[g] signes d'une profonde allégresse. Je n'eus guère la pensée de me garer de lui, car je vis bien vite que cet étrange compagnon ne cherchait[h] point à lâcher sa proie. Je sortis de la grotte et descendis par un étroit[i] sentier assez sombre jusqu'au bas d'une petite colline où je pus découvrir les lieux pittoresques et variés[j] où j'étais comme abandonnée. Je compris vite que c'était une île inhabitée, inconnue, et j'eus conscience alors de toute l'immensité de mon malheur.

[f°10] Elle était grande, touffue[k] et épaisse. Une longue grève s'étendait jusqu'à l'infini, image même et non moins grande que mon désespoir. J'étais perdue. La mer immense et paisible moutonnait sous un clair soleil[l], dont l'ardeur et l'éclat sont

---

[a] [la vue des *biffé*]

[b] [vrais amis *biffé*]

[c] [Vous offrez un refuge placide à tous ceux [*quatre mots illisibles*] *biffé*]

[d] [qui reste pour ceux toujours [*mot illisible*], pour ceux qui souffrent ? *biffé*]

[e] [et *biffé*] marcher

[f] [et *biffé*] pouvoir

[g] [tous *biffé*] les

[h] [n'étai *biffé*]

[i] [petit *biffé*]

[j] [pittoresques et sauvages *biffé*]

[k] [et *biffé*] touffue

[l] soleil. [La [*mot illisible*] qui exhalait la vie *biffé*]

particuliers aux ciels des tropiques, et cette forte expansion[a] de la vie muette sous les bruits du vaste océan, qui me plongèrent dans une tristesse infinie[b] et donnèrent sens à tout mon désespoir. Je fondis en larmes, en me laissant tomber sur le sable, la tête penchée vers le sol et j'implorai Dieu.

Un éternel murmure répondit à mes plaintes. L'immense océan vainqueur parlait seul, grondait ironiquement et répondait à mes sanglots. Il y avait sur la plage des débris du navire, des fragments de mâts, des planches, quelques objets que je reconnus pour avoir appartenu aux passagers disparus[c], sans doute. Je retrouvai une petite caisse de bois bien scellée que j'avais remplie d'objets destinés[d] à mes sœurs, à ma mère, notamment quelques livres et du linge blanc. Il me fut facile de la dégager du sable où elle était à demi cachée[e] et de l'ouvrir au moyen[f] d'un morceau de fer tombé[g] de l'épave[h]. Ces objets aussitôt me firent sentir avec plus d'amertume [f°11] et d'angoisse la distance[i] où j'étais de tout élément humain. Quel contraste en effet que faisaient ces choses ; notamment[j] un miroir pour me refléter moi-même, comme si Dieu[k], en me laissant en ces lieux d'exil la conscience, y eût aussi voulu me donner l'image de ma propre face que nul être au monde ne devait plus[l] revoir. Le monstre[a] qui me regardait, me prit une à une

---

[a] [exhalaison *biffé*]

[b] [et je me *biffé*]

[c] [maintenant *biffé*] disparus

[d] [que je destinais *biffé*]

[e] [enfoncée *biffé*]

[f] [avec *biffé*]

[g] [détaché *biffé*] [arraché *biffé*]

[h] [d'une *biffé*]

[i] [l'éloignement du monde social où j'étais *biffé*]

[j] [à mesure que je fouillais *biffé*]

[k] [la création *biffé*]

[l] [sans doute *biffé*]

chaque chose, avec une vivacité surprenante, les retournant en tous sens, cherchant à mordre ce qui lui paraissait le plus inattendu[b] ou[c] le plus brillant. Il se mira aussi dans la glace, en cherchant vainement à comprendre cette autre apparition de lui-même.

J'emportai pieusement ces vestiges[d] dans la cabane où je pris désormais résidence[e], et installai chaque chose en la suspendant aux feuillages. Un petit crucifix, des bandes qui me furent utiles pour me garantir des nuits inclémentes ; car malgré l'admirable ciel qui se déroulait sur moi, mon[f] séjour dans le Nord m'avait changée[g], et ne me rendait guère possible le retour subit à la vie créole[h], où[i] vous le savez, il est permis de passer des nuits entières sous les toits demi-ouverts[j].

---

[a] [Le sin *biffé*]

[b] [étincelant *biffé*]

[c] [et *biffé*]

[d] [ces ob *biffé*]

[e] [où je pris désormais résidence qui fut dans la suite la résidence que je con *biffé*]

[f] [je *biffé*]

[g] [fait perdre *biffé*]

[h] [quasi *biffé*] créole

[i] [qui *biffé*]

[j] [*Le texte est suivi de ces mots, ajoutés par Mellerio*] Pas d'autres feuillets — le conte fut-il inachevé ?

---

[1] Situé dans le Petit Andaman, îlot de la baie du Bengale.

## Bibliographie sélective

Bacou, Roseline [1], *Odilon Redon*, 2 vol, Genève, Cailler, 1956

Id. [2], *Odilon Redon, pastels*, Arcueil, Anthèse ; tr. angl. Londres, Thames & Hudson, 1987

Id. [3], « Les *Noirs* d'Odilon Redon et le Temps retrouvé », in Lugano, pp. 69-77

Coustet, Robert, *L'Univers d'Odilon Redon*, Paris, Screpel, 1984

Druick, Douglas [1], *Odilon Redon, 1840-1916*, The Art Institute of Chicago ; Van Gogh Museum, Amsterdam ; Royal Academy of Arts, Londres. Londres, Thames & Hudson, 1994

Id. [2], « Les Douloureuses Origines d'Odilon Redon », in Lugano. pp. 15-57

Id. [3], *Odilon Redon : Prince of Dreams (1840-1916)*, New York, Abrams, 1996

Eisenman, Stephen, *The Temptation of Saint Redon : Biography, Ideology and Style in the « Noirs », of Odilon Redon*, Chicago, University of Chicago Press, 1992

Gamboni, Dario [1], « Redon, écrivain et épistolier », *La Revue de l'art*, 1980 (48), pp. 68-71

Id. [2], *La Plume et le pinceau : Odilon Redon et la littérature*, Paris, Les Éditions de Minuit, 1989

Id. [3], « Images potentielles et *soupçons d'aspect* : la contribution d'Odilon Redon à l'histoire de l'ambiguïté visuelle », in Lugano, pp. 95-129

Gott, Ted [1], *The Enchanted Stone : The Graphic Worlds of Odilon Redon*, Melbourne, National Gallery of Victoria, 1990

Id. [2], « La Genèse du symbolisme : un nouveau regard sur le *Carnet de Chicago* », in *Revue de l'art*, 1992 (96), pp. 51-62

Heyd, Milly, « Note sur le symbolisme d'Odilon Redon : deux formes de fragmentation corporelle », in *Revue de l'art*, 1992 (96), pp. 63-69

Hobbs, Richard, *Odilon Redon*, Londres, Studio Vista, 1977

Lévy, Suzy, *Journal inédit de Ricardo Viñes : Odilon Redon et le milieu occultiste (1897-1915)*, Paris, Aux Amateurs de livres, 1987

Lugano : *La Natura dell'invisible [La Nature de l'invisible]*, Museo cantonale d'arte, Lugano. Milan, Skira, 1996

Mellerio, André [1], « Odilon Redon », in Paris, pp. 3-11

Id. [2], « Le Mouvement idéaliste », in *La Nouvelle Revue européenne*, 1895, pp. 53-55, 101-05, 153-55

Id. [3], « La Tentation de Saint Antoine (3e série), par Odilon Redon », in *L'Avenir artistique et littéraire,* 1er août 1896, pp. 29-31

Id. [4], *La Lithographie originale en couleurs*, Paris, L'Estampe et l'Affiche, 1898

Id. [5], *Odilon Redon*, Paris, Société pour l'étude de la gravure française, 1913, réimpression New York, Da Capo Press, 1968

Id. [6], « Odilon Redon, son œuvre gravé et lithographié », in *La Nouvelle Revue*, 15 février 1914, pp. 442-48

Id. [7], « Odilon Redon », in *La Gazette des Beaux-Arts*, août-septembre 1920, pp. 137-56

Id. [8], *Odilon Redon, peintre, dessinateur et graveur*, Paris, Floury, 1923

Id. [9] «Trois peintres écrivains : Delacroix, Fromentin, Odilon Redon », in *La Nouvelle Revue*, 15 avril 1923, pp. 304-14

Paris : *Exposition Odilon Redon, Paris – Galeries Durand-Ruel – 16 rue Laffitte et rue Le Peletier, 11 – mars-avril 1894* (réimpression dans Theodore Reff. éd., *Exhibitions of Symbolists and Nabis*, New York, Garland, 1981)

Redon, Odilon [1], « *Confidences d'artiste*, lettre à Edmond Picard », 5 juin 1894, *L'Art moderne* (Bruxelles) 1896, pp. 267-71

Id. [2], *Lettres d'Odilon Redon, 1878-1916,* publiées par sa famille avec une préface de Marius-Ary Leblond, Paris-Bruxelles, Librairie nationale d'art et d'histoire G, van Oest, 1923

Id. [3], *À soi-même, Journal (1867-1915). Notes sur la vie, l'art et les artistes*, Paris, Corti, 1961, rééd. 1979, 2000 (1ère éd. avec une introduction de Jacques Morland, Paris, Floury, 1922)

Id. [4], *Critiques d'art : Salon de 1868, Rodolphe Bresdin, Paul Gauguin, précédées de Confidences d'artiste*, introduction et notes de Robert Coustet, Bordeaux, William Blake & Co., 1987

Id. [5], *Lettres inédites d'Odilon Redon à Bonger, Jourdain, Viñes*, édition établie et présentée par Suzy Lévy, Paris, Corti, 1987

Sandström, Sven, *Le Monde imaginaire d'Odilon Redon : étude iconologique*, tr. Denise Naert, Lund, Gleerup : New York, G. Wittenborn, 1955

Vialla, Jean, *La Vie et l'œuvre d'Odilon Redon*, Paris, ACR Éditions internationales, 1988

Wildenstein, Alec [1], *Redon*, Paris, Éditions de Vergeures, 1982

Id. [2], *Odilon Redon : Catalogue raisonné de l'œuvre peint et dessiné*, 4 vol., Paris, Wildenstein Institute, 1992-98

Wilson, Michael, *Nature and Imagination : The Work of Odilon Redon*, Oxford, Phaidon, 1978

# MHRA Critical Texts

This series aims to provide affordable critical editions of lesser-known literary texts that are not in print or are difficult to obtain. The texts will be taken from the following languages: English, French, German, Italian, Russian, and Spanish. Titles will be selected by members of the distinguished Editorial Board and edited by leading academics. The aim is to produce scholarly editions rather than teaching texts, but the potential for crossover to undergraduate reading lists is recognized. The books will appeal both to academic libraries and individual scholars.

Malcolm Cook
Chairman, Editorial Board

## Editorial Board

Professor John Batchelor (English)
Professor Malcolm Cook (French) (*Chairman*)
Professor Ritchie Robertson (Germanic)
Dr David George (Hispanic)
Professor Brian Richardson (Italian)
Professor David Gillespie (Slavonic)

## Current titles

1. *Odilon Redon: 'Écrits'* (edited by Claire Moran, 2005)

2. *Les Paraboles Maistre Alain en Françoys* (edited by Tony Hunt, 2005)

For further details (including how to order) please visit our website at www.criticaltexts.mhra.org.uk

www.ingramcontent.com/pod-product-compliance
Lightning Source LLC
Chambersburg PA
CBHW072357030726
47505CB00014B/1871